Short Story Short Story Short Story Short Story

中国新锐作家

校园文学经典

中国新锐作家校园文学经典
马强　总策划

就像一株开在石缝里的杜鹃，不知经历了怎样的艰难困苦，顽强地探出了笑脸。愿这些心灵流淌的文字，亦如生命的花蕾，在人们的精神世界里争奇斗艳，芳菲无限。

开在石缝里的
鲜花

郭艳平 / 著

中国社会出版社
国家一级出版社｜全国百佳图书出版单位

图书在版编目(CIP)数据

开在石缝里的鲜花 / 闭月著. — 北京 : 中国社会出版社, 2012.1

(中国新锐作家校园文学经典)

ISBN 978 - 7 - 5087 - 3920 - 5

Ⅰ. ①开… Ⅱ. ①闭… Ⅲ. ①小小说 - 小说集 - 中国 - 当代 Ⅳ. ①I247.8

中国版本图书馆 CIP 数据核字(2011)第 279098 号

丛 书 名:中国新锐作家校园文学经典
书　　名:开在石缝里的鲜花
著　　者:闭　月
责任编辑:刁锦江　安　娜

出版发行:中国社会出版社　　**邮政编码**:100032
联系方式:北京市西城区二龙路甲 33 号新龙大厦
电　话:邮购部:(010)66081078
销售部:(010)66080300　(010)66085300
(010)66083600
传　真:(010)66051713　(010)66080880
网　　址:www.shcbs.com.cn
经　　销:各地新华书店

印刷装订:中国电影出版社印刷厂
开　　本:170mm × 230mm　1/16
印　　张:14
字　　数:180 千字
印　　次:2016 年 1 月第 2 次印刷
定　　价:23.50 元

序

古典情怀与现代写作
——闭月小小说印象

未认识闭月的时候，就在博客上读过她的诗歌《梦回唐朝》。我扯来山脉一道/捻成长绳一条/奋力抛上九霄/我要系住月亮的腰/抱着月亮睡觉/我梦回唐朝/把月儿往李白的酒杯中一抛/和他一起醉饮明月长舞良宵……

这首诗歌曾让我回味许久。由此我推断能有如此浪漫诗情和丰富想像力的一定是个有着古典情怀的女子。及至我在衡水湖畔，在蒹葭苍苍、芙蕖田田的古典意境里见到了这位白衣黑裙头戴凉帽的小小说作家时，这种推断才得到了印证。她的燕语莺声，她的长发飘逸，她的猫步行走，比我想像的还要古典。那是2008年夏天，一次河北小小说作家短暂的联谊会。那时的闭月告诉我，她原来是写诗写散文的，现在刚刚学写小小说。说着，她就红着脸把一摞稿子放到了我的手中。我吃了一惊，还红脸？现在我可是很少见到说话还红脸的女子了。我又吃了一惊，刚写？这么厚厚的一摞，比我写了好多年的还要多啊！由此，在我对她古典的印象里，就又蹦上来一个很适合她的词：勤奋。

通读闭月早期的小小说，我觉得闭月还生活在那个流行唐诗宋词的时代。她会静静地守候一朵花的盛开，并且那么耐心地倾听花开的声音；她会叹息一片叶子的凋零，并且把落叶托在手上不忍让秋风吹走；她还会念着诗词，为风花雪月流下最纯净的眼泪……在这个物欲横流的社会里，闭月在现实生活中，在小小说里，执著地守候着那份古典情怀，追逐着古典的夕阳。正是这份守候，才有了她对底层生活的热切关注和对小人物悲喜人生的真切描摹。

小小说处女作《人不如狗》写了一个令人心酸的故事：患有老年痴呆症

的父亲走失了，同时李波家的狗也生病了。李波去找老人，而李波老婆却带着狗去了宠物医院。在李波老婆的眼里，老人还不如一条狗。更让李波伤心的是，他爹和一个富婆的狗同时上了当地的报纸，寻狗启示占了半个版面，而寻爹启示却排到了一个小小的角落里。这两个细节令人惊悸。道德沦丧、利欲熏心、人心不古，在炫目的繁华的背后，仍然有一些阳光照耀不到的地方。李波最后也发出了活得不如狗的慨叹。这种只有女性作家独有的对小人物现实生活的敏感观照和细微抒写，很好地凸显了闭月的人文情怀。

读闭月的小小说《悔》，如同看一出悲剧，震颤、惊悸而心痛。“断指、尸体”在开头的不断出现，加深了小说的悲剧性。断指的细节就不说它了，这在香港的赌片里经常见到。我要说的是孩子，孩子的尸体。这个情节的设置，无疑是这篇作品最具震撼力的情节。她告诉人们，赌博的危害不但在于家破，更在于人亡。由此我想到了我们这个时代的缺失。在今天，我们不缺物质，我们缺少的是精神，是高层次高品位的精神追求。如果有一种比赌博更具吸引力的活动，我们还会有小说里的悲剧吗？但同时要问，赌博的目的何在？其实还是物质在作祟。事情的关键不在博，而在赌。如果我们赌的是一本书，一种思想，一个创意，一种精神，那还有“断指、尸体”这样的悲剧吗？这篇小小说的意义，不在于题材的新旧，而在于它把我们应该警醒的问题再一次摆在了我们的面前！

从题材上讲，《堵》《逃》《故乡明月》《心目中的经理》等都属于这样一类作品。闭月深得古代小说之妙，她用传统的语言、传统的叙述方式和动人心魄的故事来真实客观地展现她独自发现的那样一种生活，那样一些独特的人物，那样一种充满酸甜苦辣的尴尬人生。《心目中的经理》无疑是这方面的代表作。

孙旺发是个吹鼓手，却让儿子在中考填表父亲“职业”一栏中填上了经理，一家食品公司的副经理。虚荣的背后，不仅掩藏着处在生活最底层的小人物内心的懦弱，掩藏着这个经济社会人们的价值观和是非观已经改变了衡量标准，而且掩藏着父亲对儿子巨大的爱。这种善意的谎言，终于在8年后儿子大学毕业后被孙旺发病重住院自己戳破。所幸的是，在银行里任职的儿子没有嫌弃父亲，除了给父亲提供住院治疗经费之外，仍然在病历上填上了“孙旺发，六十一，经理！”这样的职务。在儿子心目中，父亲就是他永远的经理。只有这样，他才能把这个谎圆下去。父子情深可见一斑。可以说，这个结尾是很出彩的。这篇小小说也是很出彩的。所以，它在2009年第4期《小小说选刊》发表后，又入选《2009中国年度小小说》等选本。《心目中的经理》，标志着闭月的小小说创作开始走向成熟。

应该说，闭月是怀着古典情怀以现实主义写作姿态写作的小小说作家。但她并不排斥现代主义的写作。也就是说，古典和现代，在闭月那里，有时候是统一的。这些采用现代手法写作的篇什中，体现了闭月小小说创作正向纵深发展和拓进。

《开在石缝里的鲜花》使闭月小小说作品达到另一个高度，它体现了读者对生活的深深思考，也表达了作者对青少年励志审美的真诚期盼和对未来世界的美好憧憬。《好想回到从前》中，一个右肾叙述了一个触目惊心的故事，荒诞而真实。叙述角度新颖。正像敲着铁皮鼓的矮人奥斯卡能从人们的脚底往上看世界一样，这个右肾能从新老两个主人的身上看到两个人只能各自看到的一半故事。作者叙述手法深得现代小说艺术之妙。这样现代的笔法就很好地表现了残酷的现代生活——一个沉重得不能再沉重的话题应该引起我们全社会的注意了——救救孩子们！

《通向天堂的电话》男女主人公阴阳两隔，却又彼此相通，这是生活的荒诞，却是艺术的真实。《我是你千百年前放生的白狐》中，周喜善在现实和梦境中穿越，妻子白梅也横穿古今，横穿人畜，横穿死生。《上错了餐桌的鱼》写了碧湖里的一条鲤鱼的命运。通篇采用鲤鱼自述，在揭示人类的贪婪欲望无法满足的同时，提醒人们增强环境保护意识、保护生态平衡是何等的重要。

闭月从事小小说才有短短的几年，却取得了令人瞩目的成绩。先后在《红豆》《小小说月刊》《新课程报语文导刊》《百花园》《小小说选刊》《微型小说选刊》《澳洲彩虹鹰》等报刊发表小小说170多篇，并且入选《2008年中国小小说精选》《精美微型小说读本》《最受中学生喜爱的100篇校园小说》等80多种权威选本。《百花园·小小说原创版》去年上半年还在“明日之星”栏目一下推出她的三篇新作，足见她的实力、后劲和才华。

阅读闭月小小说，在感受她古典情怀、欣喜她现代写作的同时，还有一个感受：就是有些篇什讲述的东西比隐含的东西要多。而我认为，好的小小说应该是隐含的东西比讲述的东西更多。马塞尔·普鲁斯特说：“书本都是孤独之作，沉默之子。”这里所说的孤独和沉默就是强调隐含的力量。小小说应该讲述好她自己，小小说更应该隐含好她自己。

相信闭月会写出更多更好的小小说，不管是古典的还是现代的，也不管是讲述的，还是隐含的。

蔡　楠

2011 年 11 月

2010 年 4 月 7 日于荷香斋

蔡楠：中国作家协会会员，沧州作家协会副主席，《河北小小说》主编。现供职于河北任丘市地税局。著有《行走在岸上的鱼》《芦苇花开》等作品集多部。曾获中国小小说金麻雀奖、冰心图书奖等奖项。

目录

Cotentes

第一辑　尊严

第二辑　青春期

目录
Cotentes

目录

Cotentes

目录

Cotentes

第一辑

尊严

悔 / 堵 / 逃

加班 / 意外

上坟 / 柳叶

雪雕 / 新生 / 绝唱

……

尸体，断指；断指，尸体。

当那道血光划过之后，女人的脑海里反复浮现的只有尸体和断指。

儿子的尸体，丈夫的断指。

丈夫的断指，儿子的尸体。

她嘴里反复叨念着的也只有："我好后悔，我不该去喊他……"

当那道血光划过之后，这个勤劳善良的女人彻底地精神失常了。

从此，她逢人就说："我好后悔……"

从此，村里人人都知道了她的悔，人人都记住了她的悔。

那是一个平静祥和的乡村之夜。劳碌了一天的人们都回到了家里，尽情地享受着黑夜给他们带来的宁静和安逸。只有窗外的蟋蟀还在不知疲倦地吟唱。

吃过晚饭，收拾停当。忙活了一天的女人，好不容易把孩子哄睡，就翻身下床，往洗衣机里放水，准备洗洗白天换下来的脏衣裳。

当她习惯性地翻了翻自己的衣兜时，却发现白天卖棉花的一百元钱不翼而飞了。

"奇怪，我的钱怎么不见了？明明揣在这个兜里。"

"孩子他爹！"她使劲地喊了一声，却没有回音。

"这个死鬼，一定又是去赌了，这麻将就那么有吸引力？"

女人自言自语地絮叨着，然后就把脏衣服放进了洗衣机，插上电，定上时，擦了一把手便走出家门。

"这个不要脸的，挨千刀的，自从我嫁过来以后，跟着你家里地里吃苦受累，生活困难的时候连斤酱油都舍不得买，现在日子刚好过了点，你却迷上了赌博，怎么劝都不改，今天我和你没完……”伤心气愤的女人，心里一边默默地想着，一边穿街走巷，朝村东头的狗剩家走去。还没进街门，就听见了洗牌的声音——

“八万。”

“碰！”

“四饼。”

……

“嫂子来了，快坐。”

“不坐了，我是来叫他回家的，明天还得早起进城卖棉花哩。”

“急啥？天还早着呢，再玩一会儿我就回，你先回去吧！”

丈夫郑发悠然地吸了一口烟，看了她一眼，不以为然地说。

“麻将就是吸铁石，推下饭碗就跑，家里什么事都不管，咱娃还发烧哩你知道不？”

透过烟雾，女人狠狠地白了丈夫一眼。

“这可不行，我大哥今天手气好，赢了我们不少钱，要走也得玩够四圈再走。”

隔壁的张富贵也插嘴说。

“就是嘛嫂子，我们哥们儿凑到一起玩玩，也没什么嘛。”

狗剩一边说着，一边站了起来，把女人按到了自己的位置上。

“来来来，嫂子你先替兄弟摸一把，我去方便一下马上就来。”

女人无奈只好坐下……

叫不动丈夫，又惦记着家里洗的衣服，女人心里有些急躁。她替狗剩摸了几把牌，等狗剩回来，就赶紧把牌交给了他，自己匆匆忙忙地赶回了家。

一进门就看到四岁的儿子小宇，头朝下腿朝上，倒栽在了洗衣机里。

原来女人走了以后，因感冒发烧还没有睡踏实的小宇，便被洗衣机的声音给惊醒了。当他哭喊着跳下床找妈妈的时候，却被洗衣机里飞旋的泡沫给吸引了。于是他就搬来一只板凳踩在上面，趴在洗衣机上玩起了泡沫。玩得正起劲时，脚下的小板凳竟被他蹬翻了，整个人便大头朝下栽进了洗衣机里。呛了几口水后，随着洗衣机的飞速转动，可怜的小宇很快就命赴黄泉。

女人被这突如其来的意外吓得魂飞魄散。她立刻跑上前去，从洗衣机里抱出了儿子，只见儿子小嘴乌紫，面色铁青，四肢冰凉。

“小宇……”随着一声撕心裂肺的惨叫，女人眼前一黑便昏了过去。

闻讯赶回来的男人看见眼前这悲惨的一幕，痛心疾首，懊悔不迭。他一边用手摇晃着女人，一边发着毒誓：

“孩子他娘，我对不起你和孩子啊，我再也不赌了。我听你的话，这回我真的不赌了，你别这样了好吗？都怪我手痒，再赌你就砍我手好了……不信我现在就把手砍掉给你看看。”女人依旧神情恍惚地抱着儿子的尸体一动不动。

见女人那呆若木鸡的样子，痛悔交加的郑发也完全丧失了理智，转身直奔厨房，拿来一把菜刀，照着自己左手的中指就狠狠地砍了下去。

“啊……”

当那道血光划过，伴着一声撕心裂肺的惨叫，女人的精神彻底地崩溃了。

从此以后，她逢人就说：“我好后悔，打麻将就打麻将呗，我不该去喊他，我真的不该去喊他……”

从此以后，村里人人都知道了她的悔，人人都记住了她的悔。

堵

夜色阑珊，宿鸟呢喃，那条滞留在京藏高速公路上的车龙，依然盘旋在苍茫空旷的原野上。汽车司机们，有的蜷缩在驾驶室里；有的三五成群地盘坐在公路上、汽车旁，或是打盹儿，或是侃大山。公路旁到处都是矿泉水瓶、方便面盒、食品袋……这些垃圾在晚风的吹拂下，不时地散发出一种混杂怪异的气味。

两眼通红、一脸菜色的孙涛，紧紧地攥着手机，望着蛰伏在夜幕中的车队，在路边焦急地徘徊着。

妻子的短信依然不断地传来："儿子醒了，他在找你，车开了吗？"……"儿子又昏了过去，还堵着啊？"……"儿子命在旦夕，你怎么还不回来呀？再不回来，你可就……"孙涛时而看看手机，时而望望纹丝不动的车队，时而发出一声声撕心裂肺的叹息——就像热锅上的蚂蚁，狂躁不安地躁动在晚风中、夜幕下。

"孙师傅，怎么样？孩子好点了吧？"附近的一个司机，看到他那焦急的样子，关心地问。

"情况不好啊，唉！急死我了，我真恨不得长上翅膀飞回去。"

"你别急，急也没用，当心急坏了身体。"

" 你说我能不急吗？那可是我的儿子呀！"

"是啊，我也理解你的心情，这车走不了谁不急啊，谁还没点事啊。"

"就是，都四天了，这不是要人命吗？"孙涛说着，转悠的速度就更快了。

就在这时，手机的短信再次传来，他立刻张开汗涔涔的手，打开一看，只见上面写道："儿子他……"

他看到这条短信，忽然产生一种不祥的预感。于是他立刻拨通妻子的电话，但那边却没人接听，紧接着他又反复拨打了几次，可是，依旧如此。那种不祥的感觉愈加强烈了。急得他险些没哭出声来，情急之中，他一下想起了妻妹，因为他知道她和妻子在一起，便急忙拨了过去。

"明明他，他已经走了……他连眼睛都没闭啊，我姐也哭晕……"

在他的一再追问下，电话里妻妹哽咽了半天，才说出了这个令人震惊的消息。

天啊！儿子，我的儿子啊！……

听到这个消息，孙涛那山一般高大的身躯，轰然坍塌在公路上，手机也滚落了老远，他呆愣了片刻，便又急切地在地上摸索着手机。他一边摸索着还一边在嘴里不停地叨念着，"儿子、儿子、我的儿子……"黑暗中的他就像一个犯病的疯子，又像一只无头的苍蝇。

"怎么了？你儿子他怎么了？地上凉，快起来吧。"刚才那名司机见此情景，便急忙跑过来，边扶他起来边问。

"手机……我的手机……"孙涛使劲甩开他的手，仍然在地上不停地摸索着……

等他摸到了手机，就用粘满尘土的手，哆哆嗦嗦地拨通了妻子的电话。

电话通了，电话里传来妻子那肝肠寸断的哭泣声，过了片刻，又传来妻子如泣如诉的责怨，"喂，你还打电话来干吗？晚了，一切都晚了……你知道儿子是多么想看到你呀……"这声音像一把利剑直刺孙涛的心肺，令他心如刀绞、苦不堪言。他张了张嘴，想安慰妻子几句，却一时不知道说什么才好。还没等他说话，妻子已经挂了电话。

苍天啊！这车要堵到什么时候啊?!

他颓然地放下手机，抬起头仰望着群星闪烁的苍穹，情不自禁地发出这一歇斯底里的号叫，便把自己重重地放倒在公路上。

孙涛是北京通达运输服务公司的一名司机，一周前去张家口运货，回来的途中被堵在了京藏高速上。刚堵车的时候，孙涛并没介意，心想，反正自己车上的货又不怕耽搁，再说这车说不定一会儿就疏通了呢。于是他便和其他的司机一样，一边闲扯，一边耐心地等待着。没想到这车一堵就是两天，第二天的中午他又接到了妻子的电话，妻子在电话里说，我今天早晨送儿子去幼儿园，由于路上堵车，怕孩子迟到，赶地铁的时候，就硬挤了上去，没想到我上了车，孩子却被人挤得挣脱了我的手，掉在了车门外，摔伤了住进了医院。

医生诊断是脑颅骨粉碎性骨折，很危险，希望他早点回去，可他却堵在这儿脱不开身。

这会儿，孙涛仰望着星空，仿佛又看见儿子那张娇憨的笑脸，泪水也模糊了视线。

那天晚上，孙涛做了一个梦，梦见他自己去幼儿园接儿子。远远地，他就看见儿子从班里笑着向他跑来，他向儿子奔去，却被一群人堵住了去路，人群越聚越多，越聚越多，不但遮住了他的视线，也堵住了他走近亲人的路……

逃

一大早，我就接到母亲的电话，电话里她沙哑着声音说，“二丫啊，你快接我到你家住几天吧，你哥家里我实在住不下去了，再住，我这条老命就没了……”

闻言，我大吃一惊，忙问，“妈，你咋的了？病了吗？出了什么事？莫非哥哥、嫂子？……”

“唉！你别问了，快来吧，来了就知道了。”电话里又传来母亲凄凄无助的声音，这声音让我感到一阵心疼，便急切地安慰道，“好好好，我马上就去……”还没等我说完，母亲已经挂了电话。

放了电话，我跟爱人交代了一下，便冲出家门，坐公交车直奔哥哥家。路上我满腹狐疑地想，莫非是哥哥、嫂子虐待母亲了？不会呀，哥哥孝顺、嫂子贤惠，在我们村是出了名的。

我出生在农村，家里兄妹三个——哥哥、姐姐还有我。父母靠种地把我们养大，还供我们几个上了大学。为了互相照应，毕业后到了同一个城市，又相继安了家。父亲去世后，哥哥就想把母亲接来，让她在城里颐养天年。可母亲就是不愿意离开老家。今年秋天，哥哥接到老家邻居的电话，说母亲干活的时候，不慎摔了一跤，扭伤了腰，便硬是把她接到了城里。没想到她伤愈出院后，在哥哥家住了还不到两周，就住不下去了……我一路胡思乱想，也想不出所以然来，望着窗外川流不息的车辆，恨不能立刻就见到母亲。

我走进哥哥家的时候，就见母亲双手捂着耳朵，紧闭着双眼，脸色苍白地蜷缩在沙发上。

我张口喊了一声，“妈，我来了！”她竟一点反应也没有。

“快说，妈这是怎么了？”我惊愕地抓住了嫂子的肩膀急切地问。

“你别喊了，喊也白喊，咱妈用棉花球捂着耳朵呢。”嫂子无可奈何地摇了摇头，摊着手说。

“捂耳朵？干吗捂耳朵?!……妈！妈！快告诉我，您这是咋的了？您病了吗?”我急忙扑向母亲，扒开她的双手问。母亲见了我立马从沙发上弹了起来，把食指放到嘴边，嘘了一声说，“我没病，你听，是你哥家的噪音闹得我受不了了。”噪音，哪有噪音？我凝神听了片刻却什么也没听见，便惊疑地问。

“这死丫头，你咋能听不见呢？你没听到那‘吱啦啦、吱啦啦’的声音吗？我被这声音吵得不是睡不着觉，就是做噩梦。你快带我走吧，到你家清静几天”。

“好好好，我带您走，可我还没弄清您说的是什么噪音呢？哥哥家这不是挺清静吗?”我愈加茫然不解了。见此情景，站在一旁的嫂子忙解释道，“妈说的噪音，是抽水的声音，我们这里水压不足，楼上上不去水，大家都用水泵抽水，所以就经常有这种刺耳的声音。我和你哥都习惯了，可咱妈却受不了，这不……”

这会儿我再凝神细听，果然有一种“吱啦啦”的声音，从楼上不时地传来。这声音怪异刺耳，听起来确实让人有一种烦躁不安的感觉。于是我恍然大悟地说，“哦，我听到了，妈，这声音是难听，难怪您受不了。好，您到我家住吧，我家可清静了，咱这就走。”说完，我便帮妈妈整理了一下衣物，扶着她，告别了嫂子，逃也似的离开了他们家。

万万没想到，母亲在我家住了不到一个星期，又逃到了我姐姐家。

原因很简单，我家楼上住的是我们市重点高中的校长。我妈来的时候，还有两周就是国庆节和八月节。令母亲不堪忍受的是，每天都有许多给校长送礼的人，走错了门，按响了我家的门铃。于是等我和爱人不在家的时候，妈妈就得一次又一次地应付这些送礼走错门的人们。刚开始，妈妈还能耐着性子，告诉他们，说，“你走错门了，柳校长住在楼上。”后来索性一听到门铃响，她就捂着耳朵，蜷缩在沙发上不出声了。尽管这样，随着双节的临近，随着我家门铃被人错按频率的不断增加，妈妈还是不顾我和爱人的一再挽留，就卷起行囊，迫不及待地逃到了姐姐家。

八月节那天，我和哥哥都带着全家到姐姐家陪母亲过团圆节。

大家刚落座，母亲就苦着脸说，“如果你们还想让我多活几天，明天就送我回家吧，这城里我真的住不下去了。”

“妈，难道姐姐家还不够清静吗？”

“唉！清静，你们城里就找不到个清静的地儿。”

“妈，您不知道，我家原来是很清静，对过儿这个菜市场是今年春天才竣工的。整天人来人往、熙熙攘攘的，别说您受不了，就连我也有些受不了了。”

无奈，第二天哥哥只好把母亲送回了乡下老家。

元旦的时候，我和姐姐一起回老家看望母亲。

一进门，就看到她红光满面地站在当院，正在喂她养的那些鸡和鸭。

见此情景，我便指着那些唧唧喳喳、活蹦乱跳的鸡鸭鹅狗们问：

“妈，您嫌我们城里不清静，您这就清静了？”

“是啊，在我的心里，咱乡下这风声、雨声、鸟声、还有鸡鸭鹅狗的叫声比音乐美呢！”

母亲说这话时，脸上挂着恬淡舒适的笑，仿佛整个身心都徜徉在优美的音乐里！

加 班

天刚蒙蒙亮，孙老太就再也睡不着了，她慢慢地翻了个身，便觉得一阵难以抑制的酸痛立刻遍布了全身。随着单人床发出的“吱吱”声，使她本来还很模糊的意识完全清醒了过来。想想以前在农村，整天家里地里地忙活，也没有早晨起不来过。可现在不就是给儿子料理家务做几顿饭嘛，怎么每天早晨起来的时候，都会感到浑身酸痛酸痛的，解不过乏来呢？

唉！看来这人可真的老了。她不由得叹了口气，心里也泛起了一丝酸楚。

本想再躺会儿，可是一想起儿媳一再强调早饭最重要，千万不要对付。所以就挣扎着起来，慢腾腾地蹭下床……

“妈！我今天中午不回来吃了，有个应酬。”

等她把早饭做好了，又把儿子、儿媳叫了起来，儿子却扒拉了没几口，然后一抹嘴巴，丢下这些话拿起公文包就走了。

“妈！我也得走了，今天我加班，快来不及了。小强还没醒呢，今天休息让他多睡会儿吧。”

“大礼拜你们也不休息，还上班啊？”

“唉！没办法，最近单位特别忙。等小强醒了再把饭菜给他热一热。”

儿媳起来后，坐在梳妆台前着实地打扮了一番，然后匆匆忙忙地吃了几口，又向她交代了几句，就穿上衣服也走了。

孙老太望着儿媳妇急急离去的背影，深深地叹了口气，心中暗想：如今的年轻人怎么这么忙啊？然后就开始默默地收拾着桌子，做起家务。

洗了半晌的衣服，看看表已经快十一点了，还不见孙子起来心里就有点急。等她来到了卧室一看，十三岁的孙子小强手里拿着一个像小电视模样的东西，趴在被窝里玩得正起劲儿。

“小强，几点了，你不饿吗？快起来吃点东西吧。”

“……”

“强……”

“哎呀，奶奶，你烦不烦啊！不吃不吃，等我打完了这关再吃！”

小强紧皱着眉头，连看也不看她一眼，就不耐烦地喊上了。

“那你饿了就吃点饼干吧。”

孙老太小心翼翼地说完了这句话，见小强也不言声，还在拼命地玩着手里的那个稀罕物，就无可奈何地转身离开了他的房间。看看该做午饭了，她便拿起了菜篮子走出了家门。

“孙奶奶去买菜啊？”

“嗯，你们又去锻炼了。”

“是啊，这人老了不活动活动筋骨哪儿成，您明天也和我们一起玩玩吧。”

“不了，我家里现在事多，等以后有时间再说吧。”

她刚走出小区就和住在对门的李教授老两口迎个正着。孙老太笑着和他们打完了招呼，心里就不由得想起了自己乡下的老伴儿。儿子给她捎信，让她来城里帮助他们看家料理家务的时候，他正闹着老病呢。她本想等他病好了再来，可老东西心疼儿子，说他死不了，非催她早点来城里照顾儿子、伺候孙子。这不，一眨眼她已经在儿子家住一年多了，真不知道他现在的身子骨怎么样了？老看见人家老两口整天在一起乐呵呵的，这心里还真有点想……

等她急急忙忙买完了菜赶回来的时候，又遇到了楼下的吴老太。

“孙奶奶买菜做饭哪？您可真能干！整天也不着闲。”

“不干怎么行，儿子媳妇工作都很忙，这不大礼拜天的也不休息还加班呢。”

她们一边往回走一边闲聊着。

“你说你家媳妇今天加班？不对呀，刚才我去和平小区的麻将馆找俺闺女的时候，还看到她正在那里打麻将呢。”

“什么？您不会是看错了吧？”

“瞧您说的，我眼神再不好也不至于连你家媳妇都认不出来了吧？”

“……”

“再说我早就听俺闺女说过，你家媳妇半年前就下岗了，每天都到那家麻将馆和她们一起打麻将，我以为您早就知道呢，怎么她没有……”

“哦，哦，她有……她没有……”

五味杂陈的孙老太，不知所云地回答完了吴老太的话，就拖着沉重的脚步，神情恍惚地向家里走去。她一进家门，便浑身无力地瘫倒在了地上……

意外

从哈尔滨上车以后，阿祥就开始饶有兴致地观察着对铺那名旅客。不，确切地说是窥视，窥视着他的一举一动。对，仅仅只是一举一动。因为开车已经快两个小时了，他还没说过一句话呢。当然阿祥也没白窥视，而且大有收获。他发现了这个老板模样的旅客的一个秘密，那就是他特别地在意自己携带着的那个旅行包。总是有意无意、情不自禁地看上一眼。凭阿祥多年来的偷盗经验，他敢肯定他的旅行包里一定装着什么贵重的物品。为了证明这一点，他决定主动和他搭讪了。

“喂，老兄，你去哪儿啊？”

“去北京！你呢？”

“去天津，去北京干吗？”

“做生意，你呢？”

“我去访友。真巧今天的卧铺里就我们两个，太好了，清静！”

“是啊，现在出门的少了。”

“走啊，一起去餐厅吃点饭吧，我请客。”

“不了，我带着呢，你自己去吧。”

“哦，那我就不客气了，你慢用。”

“……”

阿祥佯装客气地让了让那位旅客，其实他只是想进一步试探试探他。

阿祥从餐厅回来的时候，那位旅客正在喝水看报。看见阿祥只是礼貌地点了点头仍然不说话。

阿祥也只是微微地一笑，然后就坐了下来给自己倒了杯水，也给他倒了一杯。

“谢谢!”

“不客气，喝吧，出门上火多喝点儿水。”

说完也随手拿起一本杂志看了起来，眼睛还不时地瞟着那个旅客。心里暗想：哼！等你喝足了水一定就会去卫生间，只要你一离开，我非弄清楚你的包里到底装的是什么东西，值得你这么牵肠挂肚的。果不其然，大约十分钟以后那位旅客真的起身离开了。临走时仍就情不自禁地瞄了一下那个旅行包，然后还不放心地看了阿祥一眼。阿祥佯装没在意继续看着书，其实他的心里别提多高兴了。

等那个旅客离开后，阿祥就迅速站了起来，关好了卧铺的拉门，用脚踩着下铺，抬起手便拉开了那个放在行李架上的旅行包，打开一看里面装着一个四四方方的油漆木头盒子，盒子的旁边塞满了废报纸。那个盒子虽然不算精制，但也很不普通。他看完后就立刻拉上了拉链，然后，又用手提了起来，迅速地掂了一下它的分量。

不用说，里面装的不是珍贵的文物就是精美的艺术品。当他以迅雷不及掩耳之速完成了这一系列的动作，又坐回座位上的时候，在心里暗自猜测着。怎么办？到了晚上就下手吧，这样的机会太难得了。对，等他睡了以后……不，那样太危险了，万一把他惊醒了后果不堪设想。还是等他去卫生间的时候下手吧，只要调包时动作麻利点，他去厕所的时间就足够了。可是调包，自己包里那几件临时穿的衣服是不足以撑起那个包的。这次出来他根本就没打算在火车上作案，只想到天津和兄弟们会合来一次大的行动。这一意外的发现才使他改变了决定。东西不够只能买些报刊了。报刊、报刊，该死的卖报刊的怎么还不来啊……

那位旅客回来后，又迅速地瞄了一眼自己的包，然后就躺在床上昏昏欲睡了。等旅客睡了以后，阿祥便悄悄地离开了卧铺，回来的时候手里拎了一塑料袋报刊。怕惊动旅客，他轻手蹑脚地把它装进了自己的包，然后就若无其事地躺在了床上等待着机会的来临。

下午四点多钟那位旅客终于睡醒了，在床上伸了个懒腰打了几个哈欠，百无聊赖地摆弄了一会儿手机，然后便又坐了起来喝水看风景。此刻的阿祥已经有点急不可耐了，一颗焦躁不安的心伴随着火车运行时的震动声跌宕起伏着。窗外风驰电掣一晃而过的景物，更让他感到心乱如麻。绚丽如火的晚霞已经渐渐地染红了天际……

黄昏降临的时候，那位旅客又离开了座位，显然他又去卫生间了。阿祥一阵窃喜，是啊，机会终于来了。于是他又像刚才那样关好门，跳上床铺把自己旅行包里的东西和那位旅客包里东西来了一个大调换，并把那个包整理得和原来一样。然后把自己的包往铺底下一塞，便坦然自若地呷起了茶水。这一切都做得那么快捷利索，不留半点蛛丝马迹。阿祥此刻不由得为自己的偷盗伎俩而有些自鸣得意。

“哥们儿，我到了，一路顺风，再见!”

“谢谢，再见!”

第二天到天津站下车的时候，阿祥潇洒自如地和那名旅客打了一个招呼。然后就拎起包从容不迫地下了火车。

再说这位旅客他根本就不是做生意的，而是来自黑龙江省某县城刑侦大队的便衣刑警，这次出差是带着一名被害者的头颅，专门到北京做 DNA 鉴定的。等他到了北京，发现包里的东西被人调换了以后，就立刻想到神色诡秘的阿祥。于是他便立刻用电话与天津市的公安部门取得了联系。

“你的电话来得真巧，我们刚接到了一个报案电话，是郊区的一家旅馆打来的。说在他们旅馆的房间里发现了一名男子的死尸，尸体的旁边还有一个滚落的死人头和一个木头盒子。

“好，那正是我丢失的人头，请帮我妥善保管，我马上就去。”

听完电话，刑警不禁哑然失笑，心想这真是小偷偷警察要钱不要命啊。

无奈，他只好马上购买车票，又踏上了开往天津的火车。

上 坟

天一亮，刘县长就起了床。他迅速地穿戴停当，用手推了推睡得正香的夫人，轻轻地说：“哎！快醒醒别睡了，一会儿陪我回村，去上坟烧纸，今天是清明节。”

“干吗？这么早就叫人家，你每年都不用我陪，今年这是怎么了？”

“今年和往年不一样，今年我当县长了，这全仰仗着咱祖宗的庇佑。所以今年你不但要陪我回去，而且还得带着儿子。让小勇也学学怎么上坟烧纸，别到了我的那一天，他还什么也不会呢。”

“呸呸！大清早的就说这样话，多不吉利！”

夫人狠狠地白了他一眼，不满意地嘟囔着，很不情愿地从床上慢腾腾地爬了起来。

“你麻利点，别磨磨蹭蹭。今年我买的纸多，得烧一阵子。如今物价上涨了，给死人也得多送钱，其实阴间和阳间一样。”

“啧啧，说得像真事似的，你看见了？还县长呢，也带头搞封建迷信。你看我们市里多好，我每年回去陪妈给姥姥、姥爷扫墓的时候都送鲜花，多文明、多时尚啊！”

刘县长夫人的娘家住在重庆，他们是在大学上学的时候认识的。所以她对丈夫的许多农村习惯，特别是上坟烧纸的习俗都感到十分不屑。

“去你的，别茅房里种鲜花——净整那洋事。送鲜花，鲜花能当钱花吗？算了，我不和你争论了，快点收拾我们早点走，到他二叔家再吃饭，昨天我已经给他打电话了。”

等刘县长带着夫人、儿子，还有弟弟和司机来到他家祖坟上的时候，已经快9点了。

刘县长一边指挥众人从车上卸下上坟的用品，一边拍着弟弟的肩膀语重心长地说：

“二弟啊，今年咱可得给祖坟好好填填土。咱哥俩如今一个当了县长，一个当了村长，这都是咱们祖宗积下的阴德啊。”

“就是，村里那些老人都说咱家坟茔地的风水好，后代子孙不是升官就是发财。”

“是啊，照这样下去刘县长将来当上市长也没问题。”司机老段也在一边奉承着说，把刘县长说得心花怒放，好像他这会儿真的已经当上了市长似的。

于是，三个男人就边说边干了起来，快晌午的时候，刘县长家坟茔地里的十几个坟头上都盖上了新鲜的泥土，这些土在阳光的照耀下散发着一股潮润的清香。刘县长拄着铁锹，用手抹了一把脸上的汗水，又把供品一一摆放好了，然后双手合十跪在地上，十分虔诚地说：“各位刘家的祖先们，今天不肖子孙刘富贵，给你们上坟烧纸来了，愿你们保佑咱们刘家世代家业兴旺，富贵吉祥。”

弟弟刘长发也学着哥哥的样子祷告了一番。

“小勇你过来看看，将来这是我的位置，这是你二叔的位置，这是……”

“……”

“你小子也来伸伸手，别光玩，你也老大不小了，将来咱家还靠你顶立门户呢，你什么也不懂怎么行。”

见十四岁的儿子和他妈妈只是站在一边远远地看着，对他们上坟的事一副漠不关心的神态，刘县长就有些生气了，他一边把儿子喊到了身边，一边谆谆教诲着。

“这事还用学啊？一看就会！”小勇不以为然地说。

“去去去别贫嘴，快把烧纸抱过来，在每个坟头前各放一份。”刘县长边训斥着儿子边带头烧起了纸。

不一会儿的工夫，各个坟头前就都燃起了一团团的火焰。然而，让刘县长万万也没有想到的是，就在他们烧得正起劲儿的时候，忽然刮起了一阵大风，随着这阵大风的掠过，许多火苗儿很快就飞到了坟地边的林子里。那些风干了一冬的枯木、蒿草立刻就被点燃了，眨眼之间林子里就有好几处着起了火。

刘县长一看这可不得了，于是就大喊一声：“快救火!”便顺手从地上拾起一个树杈率先扑向了火场。其他几个人一看这情景，也都纷纷地学着刘县长的样子，奋力打起了火，就连刘县长的夫人也参加了战斗。众所周知，每年清明时节都是风大草木干的时候，正赶上刘县长上坟的那天风又特别的大。那真是风助火势、火借风威，眨眼间那火就呈现出难以控制的局势。

刘县长一看事情不妙，想打电话给火警119吧，可他们正在山上根本没有信号。没办法他只好叫司机老段赶紧开车回去报警。并提醒他不准把事情的真相说出去，就说是路过看到的。老段接到命令，立刻开车绝尘而去。老段走了以后，刘县长转身又进入了火海，与火魔进行着殊死的搏斗，他一边打一边想，老段你可快点把消防车叫来吧，这火千万得控制住啊，如果让别人知道这是我上坟烧纸引起了火灾，不但我头上的乌纱帽难保，恐怕这后半生就得在狱中度过了。

就在他胡思乱想之际，身上穿的那套毛料西服也被火给点着了。刚开始的时候他只顾扑火也没留意，等他发现的时候，身上的衣服已经被烧着了一多半。他一看不好，便“扑通”一下躺在地上，向山坡下滚去，企图把身上的火滚灭。没想到，他刚滚了不远就撞在了一棵大树根上，把脑袋撞得鲜血直流。连撞带烧，疼得他“嗷嗷”直叫。恰巧他弟弟及时赶来，把他身上的火扑灭。然而，由于失血过多，他很快就昏迷了过去。

幸亏司机老段把消防车及时带到，才扑灭了这场大火。大家又七手八脚地将刘县长抬上汽车送往医院。路上偶尔苏醒过来的刘县长紧紧地抓住夫人的手，气若游丝地说：

“如果……如果我真的不行了，别忘了让小勇每年给我上坟烧纸……”

“啊？还烧呀!”

刘县长的一句话，把他那惊恐交加的夫人，气得差点没背过气去……

柳　叶

路，很难走。昨夜，刚下过一场大雨，我和柳叶趔趔趄趄地走在泥泞的山间小路上。衣服、鞋子早已经被露水打湿。柳叶高挽着裤脚走在我的前面，两条莲藕般的小腿上滚动着晶莹的露珠。凝视着她腿上溅上的泥点子，我忍不住地问，柳叶，你不上学，就去打工，将来不会后悔吗？

你说呢？我做梦都想上学，可俺娘的病……唉……谁让俺没有读书的命呢？柳叶叹了一口气，哈腰挽了挽褪下去的裤脚，看了我一眼苦笑着说。

我和安柳叶是一个村的，也是同学，又非常要好。在班里她的学习成绩一直遥遥领先。这不，今年高考的时候，她又考取了哈尔滨师范学院，而我却名落孙山。可就在这节骨眼儿上，她那患有肾病的母亲，病情却愈来愈重。为了挣钱给妈妈治病，她只好放弃学业，和正准备出去打工的我，踏上了进城打工的路。

听着柳叶的叹息，我没再言声，只是一步一滑地和她默默地走着……突然柳叶脚底下一滑，单薄的身子晃了几晃险些栽倒。幸亏我反应快，一步奔上前去，一把扶住了她那弱柳般的身躯。这一瞬间，我分明看见她的眼里有泪光在闪。等她站稳后继续走路的时候，那条路却朦胧在初起的晨雾里。于是，我的视野也朦胧了。

进城后我们进了一家超市，在面点摊打工。活儿很脏也很累——每天除了制作大量的面点，还得面对那些挑肥拣瘦的顾客。有的顾客非常挑剔，买货的时候，不是要火大的，就是要火小的；不是嫌太小，就是嫌太油了……有时都会被他们给指使蒙了。这家面点摊的生意很火，老板娘也很刻薄。这不，刚才因为柳叶卖货时不够耐心，就当着顾客的面训斥了她。

“死妮子，让你给拿哪个你就拿哪个呗，人家挑挑货，你先不耐烦了，顾客就是上帝，你明白不？你不想干了吧？”

“对对对，老板娘，您说得对，顾客是上帝，我们就是上帝的保姆，没把上帝哄高兴了就是我们的失误。”

柳叶讨好似的说完这番话，涨红的小脸上挤着讪讪的笑。老板娘狠狠地白了她一眼，随即也忍不住笑了。见老板娘被逗乐了，柳叶又开始从容地应付起了顾客。

等买卖高峰过去以后，筋疲力尽的我却忽然发现柳叶不见了，和老板娘打了招呼，我拖着软绵绵的双腿向卫生间走去。

刚到卫生间的门口，我就听见里面传来一阵哭声。我开门进去，就看见柳叶捂着肚子，正蹲在洗脸池边呜呜地哭。苍白的脸上滚着豆大的汗珠，瘦弱的身体不停地抖动着，就像一片在秋风中瑟瑟发抖的柳叶。

“柳叶，你不舒服吗？”身为女性我立刻就明白这是怎么回事了，便心痛地问。

“嗯！我……肚子痛……所以才对顾客……”她见是我，忙点点头含着泪痛苦地说。

“咱老板娘也太狠了，就算是你做错了事也不该当着顾客损你吧？”

想起刚才发生的事，我不禁愤慨地说。柳叶没说话，只是艰难地站了起来，打开水龙头洗了一把脸，长长地叹了口气。

“柳叶，这活太脏，太累，老板娘也太刻薄，我真的不想干了，咱还是找点别的活儿吧？”

“不！咱现在还不是挑剔的时候，先忍一忍吧。”柳叶看了我一眼坚决地说，那张清瘦的俏脸也变得坚毅起来。

有了跳槽的想法，不久我便在这家超市里找了一份卖文具的活。这工作不但轻松干净，工资也不低。可柳叶却一直在那家面点摊继续打工。

等到了年末，她们老板要到外地谋生。柳叶就东拼西凑地借了些钱兑下了那个面点摊——自己当起了老板。

第二年春天，那家超市却因管理不善破了产。失去职业的我已经厌倦了打工的生涯就回家务农了，而柳叶却不肯跟我回乡，说要留在城里另谋发展。

几年以后，偶尔一次和朋友进城逛街的时候，在一条繁华热闹的街道上，我竟看见一家挂着“柳叶面点屋”牌匾的商店。我情不自禁地走了进去，就看见面若桃花的柳叶，满面春风地迎了出来，并一把抓住了我的手。这时，我明白眼前的柳叶已经是今非昔比了。闲谈中我知道，当年柳叶不肯离开面点摊的主要原因就是想留下来潜心学习面点制作技术，因为她在一次老板娘与别人闲聊的时候，听到了她有转让面点摊的想法。

如今的柳叶不但有了这家生意兴隆的主店，还计划另开一家分店。她妈也用她挣的钱做了换肾手术，还跟她住进了城里。

“小霞，别回去了，和我一起干吧……”最后，她紧紧地抓着我的手诚恳地说。

说完，她嫣然一笑，笑得那么灿烂。那一刻，我不禁想起她当年在卫生间里偷哭的情景……

雪雕

天，灰蒙蒙的。凛冽的寒风席卷着地上的积雪，不停地抽打着我的脸。我赶着牛车，缩着脖子，艰难地向前走着。随着积雪的痛苦呻吟，我不停地吆喝着我家的那头已经老掉牙了的牛，恨不得踹它几脚。我正在和牛较劲儿，村主任孙连魁从院子里踱了出来，看到我就大老远地喊，“喂，二军，这么冷的天，干吗去？”

“上山砍柴，俺进城打工才回来，家里的柴不多了。”

“哦，早去早回，天气预报说今个有雪哩。”

“哎！知道啦——”我淡淡地应了一句，就吆喝着牛继续赶路。心想，哼！假惺惺的，还是管好你那狗仗人势的儿子得了。

其实，我们这个村的老主任倒是个大公无私、循规蹈矩的好领导。可他的儿子孙家宝却是个狗仗人势、欺软怕硬的主儿。

去年春天的一个午后，我到山上放羊。躺在绿油油的草地上，伴着和煦的春风、淡淡的花香，我渐渐地进入梦乡。我睡得正香，却突然被一阵叫骂声惊醒，“妈的，谁家的畜生？也不看好了，到处撒野……”我一个高儿从草地上蹦了起来，往山坡下一看，不好，有两只羊正在吃人家的庄稼。远远地就见那人一边大声地骂，一边抡着镐头照着羊使劲儿地砍……

“住手！别砍坏了羊——”见此情景，我急忙制止。可他就像根本没听到似的，仍然拼命地追着羊打。等我跑到过去一看，那人正是村主任的儿子孙家宝。

“好啊，你来得正好，我不但要打羊，还要打你呢，看你的羊都把俺的地糟蹋成啥样了？”孙家宝见了我，便扔下镐头一把抓住我的衣领，照着我的胸脯就是一拳。

“你怎么打人哪？羊吃了庄稼，我赔你钱，干吗打羊打人？”我使劲地挣脱他的手臂气愤地说。

“俺就打你了，就打你了！谁让你不好好看管你家的羊呢……”听了我的话他不但没有松手，反而又挥手狠狠地掴了我一个耳光。这一掌打得我鼻口冒血，眼冒金星。我心里明白，他这是蛮不讲理、仗势欺人呢。于是，便和他大打出手，扭成了一团。直到乡亲们赶来，把我们分开。最后通过村委会才解决了我们这场“战斗”。那次虽然孙家宝赔偿了我的医药费，我赔了他庄稼钱，但我却觉得他们官官相护，惩罚不公——对孙家宝有所偏袒。打那以后我和孙家宝就像仇人似的，对老魁叔也心存不满。虽然，每次见面他都主动和我打招呼，但我总是爱理不理的。

我应承完了老魁叔，就赶着牛车慢悠悠地向村外走去。我们村虽然离后山不远，可那座层峦叠嶂、草丰林茂的山下却有一条很宽的大河。尽管现在已经上冻结冰，但河面上风大路滑很难行走。

等我砍完柴下山的时候，已经是黄昏时分了。天果然飘起了鹅毛大雪。雪，越下越大；天，越来越黑；路，也越来越难走。在寒风的号啕肆虐中，我呼出来的哈气随即就结成了霜，我也很快变就成了一个浑身是雪的“白头翁。”眼前的世界一片模糊。或许老牛也和我一样又冷又饿吧，它走得已经不能再慢了。望着眼前那个大雪纷飞、混沌昏暗的世界，我不禁暗骂自己不该太贪，应该早点回来。这会儿我和我的牛车蜗牛般地爬行在崎岖不平的山路上，真有一种茫然无助、欲哭无泪的感觉。

好不容易来到了山下，朦胧中就见有个看似雕像的雪堆在向我移动。雪雕愈来愈近……等到了近前，就听到有一个微弱沙哑的声音在喊，“是二军吗？你怎么才回来啊？我，我都等你半天了……”

“你，你是——”

“我是你老魁叔啊，跟我来，往这儿走，别往哪儿走……今天家宝的闺女感冒想吃冰，他在那儿凿了一个冰窟窿，从那儿走危险……”

啊？原来你在这儿是专门等我啊？听了他的话，我恍然大悟，眼睛也更加模糊了。我极力地忍住泪水，赶着车跟着雪雕慢慢地往前移动着。雪雕移动得迟钝缓慢——有一种明显的僵硬沉重之感。等我和“雪雕”慢吞吞地移过大河的时候，迎面又走来了好几个人影——他们是我们的家人和乡亲们。

“可算找到你们了……怎么才回来啊……没出什么事吧……急死我们了……”他们看见我们，便纷纷奔过来询问。我一阵惊喜，正想跳下车和他们说话，却看到老魁叔一个趔趄，就重重地摔在了地上……

等乡亲们把他抬回家，昏迷僵硬的老魁叔经过抢救，虽然有惊无险，但却落下了风湿病——腰腿痛的毛病。从那以后，每当看见他拄着拐杖蹒跚走路的样子，我的心里就五味杂陈。

新　生

这里蒹葭苍苍、芙蕖田田，这里飞红舞绿、浮翠流丹，这里鱼欢蟹肥、草丰水美。我一直非常庆幸，我能拥有这样美丽的家园。自从我出生的那一天，我就和我的父母、兄弟姐妹们幸福地畅游、嬉戏、栖息在这个清澈澄碧的衡水湖里。这里的风光秀丽，物产丰富，无不让我感到快乐富足。如果不是发生那次意外，我从来没有想过，我的家园还有许多不安全的因素。

那是一个秋天的早晨，我睡得正香，突然电光一闪，伴着一阵刻骨铭心的刺痛和晕眩，我蓦地昏了过去。等我醒来，就发现自己和兄弟姐妹们，正躺在一条小渔船上。

同时也听到了两个男人的说话声，“哈哈，今天真顺，电到这么多的鱼，正好赶上双节，这回可要大赚一笔。”那个划船的男人说着，脸上都笑开了花。“你也别高兴得太早了，听说最近湖管会盯得可紧了，咱们还是小心点的好，快点划，得赶紧离开这是非之地!”另外那个男人提醒着他说。说完，又紧张地向四周瞄了一眼——一副做贼心虚的样子。

“不好了，老徐，你看，前面有一艘汽艇，不会是湖管会的吧?”男人惊叫着瞪大了眼睛。

“啊?还真是!”

“妈的，真倒霉，出师不利啊!”

“这咋办?这咋办?划船的男人已经慌了手脚。”

“别慌，看我的，我来应付他们。”

转眼间那艘汽艇就来到渔船前，绕着渔船飞快地转了两圈。很显然汽艇上的人已经发现了我们。随后就听见站在船头那个身材魁梧的男人，冲着渔船大声地喊道：

“哎——你们的胆子也太大了吧？国家规定不允许电鱼，电鱼违法知道不？你们怎么还电哪？”

“嘿嘿……知道，知道，这不最近手头有点紧嘛，就这一次，下不为例，下不为例！”

“不行，按规定，罚款三千，销毁收缴的电鱼工具。”

“别价，别那么认真好不好？喏，这几条鲤鱼就孝敬哥儿几个了，明天是中秋节，好好改善改善……”刚才那个望风的男人一边嬉皮笑脸地说着，一边把我和另外几个兄弟姐妹扔到了汽艇上……

“少废话，先把罚款和工具交上来再说。”汽艇上那个男人说完，就一纵身跳上了渔船。

“这，这，我们出门的时候也没有带钱啊。你就高抬贵手，放我们一马算了。这大过节的，都图个吉利。”

“图个吉利，你还找麻烦？没人跟你磨牙，你们不交是吧？不交就跟我们到湖管会走一趟吧，我让你们好好学学湿地保护法。小郑，把绳子扔过来。”

汽艇上的一个小伙子听了他的话，就立刻扔过来一条绳子。

高个子男人用绳子拴住了渔船，又跳回了汽艇，便一挥手大声地说，

好了，开船吧！

于是，那艘汽艇，就像一支离弦的箭，乘风破浪朝湖边冲去……

汽艇这一开不要紧，我和我的兄弟姐妹因受到那股强烈冷空气的刺激，不由得都痛苦挣扎了起来。这时那个高个子男人也看着身子跳跃战栗、嘴巴艰难闭合的我说，这两个财迷心窍的，这些鱼这么小，他们也不放过，还是给你们放回去吧。

说着，他刚要把手伸向我，就听见“扑通——扑通——”的两声，同时小郑也大声地喊，“不好了，会长，那两个家伙跳湖了。”

只见那两个男人，跳下衡水湖就向旁边的芦苇荡游去。很明显，他们是想借着芦苇荡的保护——汽艇无法靠近，好借机逃跑。

“想逃跑，没那么容易！小郑跟我来，追！”

高个子男人见此情景，立刻腾身而起，冲着小郑一摆手，甩掉披在肩上的西服外套，就率先跳下湖去，小郑也紧随其后纵身而下。两个男人就像两条入水的蛟龙，翻腾在那片冰凉澄澈的湖水里。

很快，那两个狗急跳墙的家伙，就被会长和小郑湿淋淋地揪上了汽艇。

看见那两个家伙，站在汽艇上和我们一样，在不停地瑟瑟发抖，我的心里涌出了一股说不出的快意。心想，你们这是罪有应得。

快到湖边的时候，会长又想起了我们。于是，就和小郑又小心翼翼把我们一一放回湖里。等气息奄奄的我们完全地回复了生机以后；等我们再度畅游在那片千倾碧波里的时候，我不禁由衷地感谢那些捍卫我们美丽家园的人们！

绝唱

到歌厅工作，纯属偶然。高考落榜后，我正在家闲着，恰巧朋友的父亲，开了这个歌厅，需要服务生，我就来了。迎来送往中，我竟被一对与众不同的顾客吸引了。

那天下午，我刚送走一拨顾客，就看见一位七十多岁的老人，搀着一个双目失明的老太太，蹒跚地走了进来。老人长得高大魁梧，红光满面，精神矍铄。而老太太却两鬓飞霜，面容清瘦，皮肤苍白。

“老大爷，您是来找人吗?”见此情景，我忙上前打招呼。

“不，我们是来唱歌的。”听了这话，我暗自一惊，心想，这么大年纪，还到歌厅唱歌，真讲情调。

“好，那您要中包还是小包?”我又问。

“小包。”老人毫不犹豫地说。

“那就到107号房间吧，请跟我来……要水果和茶点吗?”我非常热情地把老两口引进房间后，又殷勤地问。

“就来点茉莉花茶吧。”老太太说。

“好，我这就去拿。”我刚要离去，又被老人叫住了：“小伙子，你别走，你先把麦给我调好，再把你们歌厅，所有抗美援朝时期的老歌，都给我找出来。”

于是，我按照老人的吩咐，试了试麦克风，又把他要的歌都找了出来，才转身离开。

等我给他们送茶来的时候，就听见老人正在唱那首《志愿军军歌》。老人的嗓音浑厚纯正，唱起歌来铿锵嘹亮。老人唱得生动认真，老太太听得沉醉入迷。

不知道为什么，那一刻，我竟觉得，老人唱的歌，是我到歌厅后，听到的最好、最美的一首歌。我本想多听会儿，但见他们那种深情专注的样子，又不忍心打扰，便悄悄退了出去，

老两口足足唱了一下午，黄昏的时候，才退房走了。从那以后，老两口便经常光顾我们歌厅，每次都是唱两三个小时才肯离去。

有一天，老两口正要离去的时候，恰巧在歌厅的门口，和我们的老板相遇。

“哎，大爷，怎么是您二老啊，您怎么也上这儿来了?”

“唉，别提了，这不你婶子，自打得了青光眼双目失明以后，总嫌在家里待着憋闷得慌，没事的时候，就求我给她唱那些老歌。我怕在家里唱，影响邻居，就带她来这里解解闷，发泄发泄。”

“哦，原来是这样呀，这是我开的歌厅，您和婶子随时都可以来……小陈，以后他们再来，一定要好好招待，可不许再收费了。”老板边和他们热情地寒暄，边向我交代着。

“那可不行，你要不收费俺就不来了。”老人很认真地说，还没等他说完，就被老板让进了办公室，聊了好一阵子才送走。

或许是怕我们不再收费了吧。那以后，好长一段时间，也没见老两口再来歌厅。

有一天下午，老人突然一个人来了，手里还拎着个包。老人比我上次见到的时候，瘦了许多，也苍老了许多。

“小伙子，给我安排一个房间。”他一进来就对我说。

“就您一个人吗?”我惊异地问。

“嗯，就我一个人，她再也不能来了……哦，对了，千万别跟你们老板说我来了。”老人说话的时候，脸色很沉重。我不敢怠慢，立刻给他安排了一个包间。

等我把他安顿好了，又去给他拿茶回来的时候，却见老人独自在房间里，正对着老太太的遗像，深情专注地唱着那首《志愿军军歌》。

蓦地，我竟被眼前这种情景惊呆了。见我惊愕的样子，老人也停止了歌声，然后又关了音乐对我说，“唉！她上个星期就走了，我明天也要回老家了，临走前我想再到这儿为她唱一次歌。她死的时候对我说，在这里听我唱

歌的日子，是她一生中最开心的日子，因为这些歌，能让她回到我们年轻时代。”

“我和老伴，还有你们老板的爸爸，都是抗美援朝时候的战友。如今唱唱这些老歌，回忆回忆过去，真是一件很美的事。那首《志愿军军歌》，就是当年我老伴在宣传队的时候，第一次到我们连队慰问时唱的。每次唱起它，我就会想起我们相识时的情景。时间过得真快啊，一晃都快六十多年了。如今，她也撇下我一个人走了……”老人说着说着，已经老泪纵横了。

“老大爷，您别哭，您快唱吧，来，我也和大妈一起听您唱。”见老人那伤心欲绝的样子，我急忙安慰道，随后就端坐在大妈的遗像旁，全神贯注地听起了老大爷的歌唱……

那天老人离去后，我的心情一直很沉重——为老太太的死，也为再也听不到老人的歌声而沉重。

第二天一早，我就接到了老板的电话，老板说，“小陈啊，今天我就不去歌厅了，我父亲的那个老战友死了，我得陪他去吊唁，歌厅你就照应一下吧。”

“哪个老战友?”我听了，忙追问。

“就是前些日子，到咱们歌厅唱歌的那个老爷子。”

“啊，真的是他?！他昨天还到咱们歌厅来唱歌了呢，怎么突然就……”

“就是他，听说是心脏病突发……他来咱们歌厅，你咋不早说呢，他可是我父亲的救命恩人哪……”

我颓然地放下电话，老板再说什么，我已经听不清了，只觉得眼前一片模糊，心也坠入了万丈幽谷……

尊严

下午，我刚到话吧，就看见一个纷乱嘈杂的场面。

一群顾客，正围观着一个在吧台前大呼小叫的醉酒男人。男人的手里擎着一块砖头，边喊边冲着站在吧台里的王聪，不断地摇晃着。

“大家让一让，都回去吧，快告诉我，究竟发生了什么事?”我忙分开众人走到吧台前，问正在值班的王聪。

“这位老板他说我拿了他的包，还打了我。我真的没拿他的包，老板请您相信我。”小王说着，眼里已经溢满了委屈的泪水。这时，我才看到他的左脸又红又肿。

“就是他拿了我的包，还不承认!”

那个酒鬼不是别人，正是经常到我们话吧打电话的秦明。他见我来了，就更加嚣张了，瞪着两只潮红的眼睛，东摇西晃地往前凑，还有动手的架势。

“住手！你再敢动他一下我就报警了。”我厉声说道。

“那好，你是老板，现在我就看你如何处理这件事了。”他轻蔑地看了我一眼不屑地说，似乎在怀疑我的能力。“小王你把事情的经过再详细地说一遍。”

“他来了就坐在三号桌上打电话，后来他去了一趟卫生间，回来就说包不见了，还说是我拿了他的包。”小王十分委屈地说。

“好了，你把刚才的视频监控录像放一遍给我看。秦明你也看看，如果录像的结果证明王聪是清白的，我请你立刻给他道歉。”我信心十足地说，因为我知道王聪是个忠厚老实的孩子。

从录像中我们看到，秦明去卫生间的时候，手里拿着包，可出来以后，包就不见了，这说明他的包，是丢在卫生间里了。

“老板这回您相信我了吧？”看完录像小王如释重负地说。

还没等小王说完，秦明就如梦初醒般地抛下了手中的砖头，急速地向卫生间奔去，片刻工夫又踅了回来，看着我十分沮丧地说：“没了，早让别人拿走了，唉！我今天可是真喝多了。”

“你喝多了，也不能随便冤枉人，还动手打人。”我愤慨地说。

“嘿嘿……对不起了老板。”

秦明不好意思地挠了挠头，咧着嘴笑着说完，转身就想走。

“不行，站住！既然事情已经澄清了，你就得按我们事先说好的，给小王道完歉再走。”

“什么？他一个臭打工的，还得我向他赔礼道歉，我给你道歉了就行了呗。”

“打工的怎么了？打工的也有人格和尊严，今天你必须给他赔礼道歉。”我不依不饶地说。

“不给！说不给，就不给！我丢了包已经够倒霉的了。”秦明说完就走，显然，他是以酒盖脸，想要耍赖了。

“好，今天你喝多了，我先放你回去，不过我希望你明天酒醒之后，主动来给小王道歉，否则的话你会后悔的。”

“你在威胁我？笑话，我秦明是那种怕威胁的人吗？”已经走到门口的他，听了我的话，又转过身来说。显然，他已经被我的话激怒了。

“你先回去等我的电话，到时候你就会知道我不是说大话了。”

“吹牛皮！”秦明恼羞成怒地丢下了这句话，转眼就消失在门外。

第二天，我在店里等了一上午，也没见秦明的影子，无奈我只好查到他的电话，给他打了过去。

“你好，对，是我，你是不是把我昨天跟你说的话给忘了。为什么还不来给小王道歉？”

“笑话，别说我只是打了一个臭打工的，就是打了老板，只要我不高兴，也别想让我给他道歉。”

“这么说你是真的不想给他道歉了？”

“当然了。”

“那好，今天我从监控录像里看到，你上个星期来的时候，带着一个漂亮女人，据我所知她不是你的夫人吧？”

“这，你，你想干什么？”

“没什么，我可没有兴趣去干涉别人的隐私，如果你不想让你夫人和别人知道这件事的话，那你就来给小王道歉好了！”

“算你狠，我看你的话吧是不想干了吧？”

“我就是话吧不干了，也不会让我的雇员失去尊严的。”

“你可真行啊，这样吧，今天晚上我请你吃饭，就算给王聪赔礼道歉了。”

“那不行，你打的是小王，请我吃饭有什么用？”

“你，你也太不给我面子了吧？”

“既然你知道要面子，那就请给别人点面子，别啰唆了，我就在话吧等你。”

在我的一再坚持下，僵持了一整天后，傍晚时分，秦明才来到了话吧，给王聪郑重其事地道了歉，“对不起，小王，昨天我喝多了，一时糊涂打了你，请你原谅。”

还没等惊慌失措的小王说话，秦明又拍了拍他的肩膀继续说，“小子，你真幸运，遇到了一个好老板，给这样的老板打工累死也值。”

秦明无限感慨地说完了这些话，找了一个座位，又去煲“电话粥”去了。

小王无比感激地说，“谢谢你老板，让你……”

“不用谢，维护你的尊严就是维护我的尊严，记住人的尊严是不能辱没的！”

小王看着我，心悦诚服地点了点头，然后，又满面春风地走进了吧台。

伤疤

那天，当十四岁的我带着七十多公斤体重，抱着一大包零食，晃进二姨家的时候，二姨正在做饭。

“小虹，你这是干吗？买了这么多东西？”

见我来了，二姨急忙从厨房走出来，一边用围裙擦着手，一边吃惊地问。

“我妈不让我吃零食，让我减肥，馋死我了，我上你家过过瘾。你给她打个电话，告诉她一声吧。”

“这孩子，整天跟你妈作对，你妈还不是为你好。”二姨边打电话，边嗔怪道。

“那没办法，谁让现在好吃的这么多呢？谁让我最喜欢吃零食呢？胖就胖点呗，再说我也不算胖啊，我们班还有比我胖的呢。”我一边自鸣得意地说着，一边把零食放在沙发上，从里面拿出一袋锅巴，打开袋，迫不及待地倒出一把，就填在嘴里。我边吃边把臃肿的身体“扑通”一下陷在电脑桌前的转椅上，又打开电脑，玩起了游戏。

“唉！这丫头，咋就不知愁呢，你再这样胖下去，当心将来嫁不出去。”二姨紧盯着我那笨重的身体，叹了口气说。

“哎呀，二姨，您怎么也和我妈一样絮叨啊，烦不烦呀！嫁不出去就嫁不出去，等我真嫁不出去的那天，再减肥也不迟啊。”我一边说一边大快朵颐地嚼着嘴里的锅巴。

“你们这些孩子呀，整天就知道吃喝玩乐，将来可怎么办呀？那些垃圾食品有什么好吃的，不吃就不行？”二姨倒了一杯水放在了我面前，瞅着我那狼吞虎咽的样子感叹着。

“当然好吃，不信你尝尝。”我说着就倒出一把锅巴放到了二姨的手中。

二姨拿起了一片放在嘴里，嚼了嚼说，“嗯，是挺香，这叫啥玩意儿?”

“锅巴呀，您连锅巴都没吃过啊？真可怜，喏，这些全给你了。”说着，我就把那袋锅巴，全塞给了她，自己又拿来了另一袋食品。

“二姨是可怜，二姨小时候只吃过锅嘎巴儿。”

“锅嘎巴儿？啥是锅嘎巴儿?”我望着二姨的那张端庄和善的脸好奇地问。

“锅嘎巴儿就是饭熟了以后，锅底下留下的一层煳嘎巴儿。那时候，我们这些孩子能吃上锅嘎巴儿，就高兴坏了。你瞧，我这块伤疤就是和你大舅抢锅嘎巴儿时留下的。”二姨指着她鼻翼边的一块小小的伤疤说。也许是我太粗心，以前我从不曾留意，二姨的鼻子上还有一块伤疤。这会儿仔细一看，那块疤痕像条小小的蚯蚓，盘踞在二姨左鼻翼旁。

“大舅？我还有个大舅，我咋没听你们说起过呢?”

“唉！那些陈芝麻烂谷子的事，谁愿意提啊，提起来只能让人伤心。”

“二姨，您给我说说好吗？我想听。”二姨那悲伤沉重的神情，立刻勾起了我的好奇心。

“是啊，你还有个大舅，他是我们家唯一的男孩，也是你姥爷、姥姥的命根子。可是后来他却……”二姨说到这里，竟戛然而止，眼睛也湿润了。

“后来却咋的了？二姨你快说呀！真急人。”

“好好好，我说我说……”二姨用手抹一把湿润的眼睛，继续道，“后来他却丢了。他失踪那年刚满五岁，我七岁。那天你姥姥煮了一锅高粱米饭，饭盛出来以后，我和你大舅见锅底留了一层锅嘎巴儿都想吃。于是他抄起锅铲子，就去铲锅里的锅嘎巴儿。我见此情景，便急忙拿起饭勺，也去抢。你大舅见我跟他抢就急了，举起锅铲子照着我的脸便砍了过来，我的鼻子立刻被砍了个大口子，鲜血很快就涌了出来，痛得我咧开嘴‘哇哇’大哭，一股腥咸的血液很快就流了我一嘴。你大舅紧盯着我的血盆大口，吓得小脸煞白。”

“那天，你姥爷没在家，你姥姥闻声赶来，气得挥手就给了你舅一巴掌，然后抱起我，捂着我的伤口就往医院跑。临走时，她还冲着站在那里发愣的你大舅骂了一句，‘咋对姐姐下死手啊!？看我回来不打死你!’”

“你大舅知道自己闯了祸，怕你姥姥回来打他，就偷偷地溜了出去。”

“那天晚上你姥爷、姥姥都在医院里照顾我，只有你妈妈在家，你妈妈发现你大舅失踪后，扯着嗓子在大街上喊到半夜，也没有找到你舅舅影子。”

“第二天，我们回家知道这件事后，就发疯似的四处寻找你大舅。而然，整个小镇都找遍了，也没找到你大舅的下落。后来听说有人看见那天早晨，你大舅被一个陌生的男人领出了小镇，据说那人可能是人贩子。就这样，我们便永远地失去了你大舅。”

“唉！如今想想，如果我们小时候有你们现在的优越生活，何至于为了那点锅嘎巴儿而大打出手呢?”二姨说到这里已经呜咽了。

不知为什么，那会儿，看着二姨的泪眼和她鼻子上的伤疤，我的心竟然感到一阵痛楚，仿佛那块伤疤不是落在她的脸上，而是落在了我的心上。

于是，我口中的零食，也那阵痛楚中变得索然无味了……

盲道

嘀嗒嗒，嘀嗒嗒，孟璐侧着耳，眯着眼，匆匆地走在通往街心花园的盲道上。手中竹棍不停地敲打着地面，发出一串串清脆悦耳的滴答声。这声音与他迫切的心情、急切的脚步声一起，很快就被湮没在城市车水马龙的喧嚣里。

自从得了急性神经炎失明后，他便经常沿着这条盲道，去附近的街心花园，打发那暗无天日、百无聊赖的日子。

这个花园不大，却山明水秀，花红柳绿，曲径通幽，风景如画。

孟璐喜欢每天早饭后，到这儿，找一个不被人打扰的角落，活动活动身体，吹吹箫。

一天上午，孟璐和往常一样，活动完筋骨，就彳亍到树荫下的一个长椅上坐下，掏出怀里的箫，神情专注地吹了起来。箫声哀婉悠扬、凄切悲凉——亦如他失明后的心情，没落惆怅。

“叔叔，您坐了我的画纸。”一曲终了，就听见身边有个女孩怯怯说。

孟璐下意识地用手一摸，发现自己果然坐了人家的画纸，便立刻从椅子上弹了起来，愧疚地说，“对不起，我……”

“没关系。叔叔您的箫吹得真好，就是过于凄凉了。”

“你也喜欢听箫？”

“喜欢，我经常在这里一边画画，一边听您吹箫，只是您没发现而已。”

“你今年多大？不用上学吗？”

“您没看见我坐着轮椅吗？”

……

“对不起，我忘了您的眼睛……我叫夏雨虹，今年十四岁，在休病假。”

“你的腿?”

“我听大人们背地里说，我好像得了骨癌，弄不好……”

“哦，原来我们是同病相怜啊!”

孟璐深深地叹了口气说，刚刚舒畅起来的心情又变得抑郁了。

“叔叔，别难过好吗?咱们说好了，只要没有特殊情况，我们每天都到这里来，您给我吹箫，我给您画画……”女孩笑着说，好像自己根本就没有残疾，而是一个健康幸福的人。女孩的天真活泼，深深地感染了孟璐。那天上午，他们聊了很多很多……

于是孟璐每天吃罢早饭，都会沿着这条盲道向街心花园走去。

于是每次和女孩相遇时，她都会“咯咯咯”地笑着说，

“叔叔，您又来晚了……”

“哎！叔叔也没办法！最近我每天走的那条盲道，被一家施工单位堆放的建筑材料堵上了。没有盲道，还得绕远，叔叔能不迟到吗?”

“哦，是吗?那叔叔以后走路，可一定要注意安全啊。不然我每天都去接您吧?”

“这孩子，净说傻话，你坐着轮椅，怎么接我啊?你放心，不管多晚，我每天都会来的。”

“嗯！不见不散!”

“对！不见不散!”

“好了，下个节目您伴奏，我画画!”

于是在花团锦簇的公园里，便响起里一阵婉转悠扬的箫声。

于是雨虹那白皙灵巧小手，也随着那优美的旋律，在画纸上飞快地舞动着。

“叔叔，您猜今天我给您画什么了?”

箫声结束，就听到雨虹兴奋地说。

“不知道。”孟璐眨着空洞的眼睛，茫然地摇头。

“盲道，今天我给您画了一条盲道，这条盲道笔直通畅，盲道的两边绿树成荫、鲜花怒放……”

随着雨虹的描述，一条彩虹般绚丽迷人的盲道，仿佛永远逶迤横亘在孟璐的脑海里了。

"叔叔，您又迟到了，咯咯咯……"

这会儿，孟璐急切地走在盲道上，耳畔仿佛又响起雨虹那银铃般的笑声。于是他便不由自主地加快了脚步。

突然，他感到手中的竹棍像似触到了一个硬物。随即就听到"哐当"一声……吓得孟璐豁然睁开双眼，侧着耳，茫然地伫立在那里。

"妈的，你找抽啊？撞倒了我的新车……"骂声过后，孟璐就遭到当胸一拳，打得他一个趔趄，连连倒退了好几步，正好倒在一个搬运材料的铁车上。随着一阵疼彻骨髓的剧痛，孟璐立刻就晕了过去。那个打他的人见事不妙便开车而逃。

孟璐被送进医院后，经医生检查，摔断了两根肋骨。

等孟璐出院的那一天，在家人的搀扶下，路过一个病房的时候。就听到里面传来一阵撕心裂肺的哭声，"雨虹！雨虹！……"那一刻，孟璐的耳畔不禁又响起雨虹那银铃般的笑声，脑海里也不禁一次又一次地幻化出那条彩虹般的盲道……

醉驾

天刚黑。雨，就淅沥地下了起来。雨，敲打在地上，也敲碎了我那颗痛悔的心。每逢这样的雨夜，我都想起两年前那个风雨交加的夜晚，和那双闪烁期盼的泪眼。

"叔叔，您还会来吗?"女孩扶着门，望着转身欲去的我问。凄美无助的眼睛里闪着期盼的泪光。

"你放心，叔叔会来的。"我顺手掏出名片递给她："这是叔叔的电话，需要我时，就跟我联系。"

女孩立刻破涕为笑，用手郑重地接过名片，深深地点了点头。

那天下午，当我带着忏悔的心，走进这个低矮潮湿的破瓦房时。眼前的落魄寒酸，令我异常惊愕。这里几乎是家徒四壁，只有女孩在仰着苍白的小脸惊恐地望着我，还有一个形容枯槁的女人，蜷缩在破旧的双人床上，干咳不止。

"小玫，快给叔叔倒水，拿个板凳坐，咳、咳、咳……"见我来了，女人浑浊的眼睛忽然一亮，原本蜷缩的身躯也挺了起来。

"叔叔，您真是我爸爸的朋友吗？你能来看我们，我太高兴了。我家已经好久没来人了。"

"是的，我是你爸爸的朋友，刚听说他出了事，打听了很多人才找到你们。"

刚才还一脸狐疑的她，听了我的谎言，立刻欢呼雀跃了。

"自从爸爸出了车祸，大爷和姑姑谁都没来看过我们。姥姥去年也去世了。只有在深圳打工的舅舅，有时给我们寄些钱来。妈妈的病越来越重，可我根本没钱给妈看病买药。"女孩边给我倒水边说。

女孩的一句轻描淡写的车祸，立刻把我的思绪带到两年前那个噩梦般的夜晚——

那是个风雨交加、电闪雷鸣的深夜。酒后驾驶的我，在一个路口急转弯时，把她爸开的汽车挤到了马路边的大沟里。我也因急刹车的撞击，而昏迷了过去。我醒过来后，就立刻意识到闯了大祸。

头痛欲裂的我，透过车窗上飞泻的雨水，企图看清窗外的情景。然而，窗外除了无尽的黑暗，就是哗哗哗的风雨声。我打开车灯，借着灯光，透过雨幕，看见了那辆翻滚在沟里的汽车。心，一下子就缩紧了。完了、完了，那个司机肯定没命了。怎么办，我该怎么办？……我已经不敢再想下去。还是逃吧。在这样的雨夜，即便我逃了，也不会留下蛛丝马迹的。然而，道德、良心一再驱使我应该下车看看，倘若司机没死，我该立刻送他去医院。于是我拿着手电跳下了车，强忍着疼痛向那辆汽车走去。

雨，越下越大，轰隆隆的雷声，伴着一道道闪电，不停地撞击着我紧张欲裂的心。随着距离的拉近，我的心也跳得愈加地剧烈。等到了近前，我紧张地举起手电，向那辆车的驾驶室照去。顿时吓得我魂飞魄散，几乎尖叫失声。

只见司机满脸鲜血、瞪着眼睛，大头朝下，蜷缩在驾驶室里，一只手竟被折断在方向盘里。蓦地，我竟被眼前这个血淋淋的情景给吓蒙了。

恰在这时，一道耀眼的闪电迅速地从司机鲜血淋漓的脸上划过，一声震耳发聩的霹雳，吓得我连连倒退了几步，我下意识地转身撒腿就跑。可是，我没跑几步，脚下一滑，就重重地摔倒在地，再度昏迷过去……

不知过了多久，我才清醒过来。雨还在不停地下着，周围一片漆黑。一种前所未有的恐惧向我袭来，仿佛是一双无形的手，要把我撕扯得支离破碎。刚才那血淋淋的一幕，又开始在我的眼前反复地闪现。不行，我得马上离开这里。我用手抹一把脸上的雨水，站起身来，奋力地向沟上爬去。当我开着车玩命般地奔跑在那个黑茫茫、阴森森的雨夜里时，就感到有无数双眼睛在窥视着我。确切地说，是那名司机的眼睛，一直在死死地盯着我……

我惶惶地逃回家，搪塞过妻子的询问，匆匆地钻进被窝。用被子紧紧蒙着脑袋，在惊恐、战栗中熬过了那个漫长的风雨之夜。

从那以后，每逢风雨之夜，我的良心都会被这淅沥的雨滴和那血淋淋的一幕给敲裂、震碎、疼痛不已。前不久，我终于经不住道德和良心的谴责，凭着那天记住的车牌号码，到交通管理大队打听到了汽车司机的姓名。又通过一番明察暗访，几经辗转，才找到他妻子、女儿的下落。那天，当我把所有的钱都留给了母女，匆匆离去后，心情反而愈加地沉重了。

就在这时，我的手机响起了，我马上接听。

“喂，您好。叔叔，我是周丽玫，您快来吧，我好害怕。妈妈去世了，我好害怕！……”

电话里传来女孩近乎哀求般的泣诉。我的神经立刻就绷紧了，心也随之抽痛。

“好，你别哭，叔叔马上就过去。”

我穿上雨衣，连招呼也没打，就冲进雨幕。

“真可怜，女孩也被砸在了里面，看来是没救了……”

“唉！这房子也太破了……”

等我来到女孩家门前的街道上，就听到一阵刺耳的救护车声，同时也看见有许多人围在那里，纷纷地议论着。当我看到那座坍塌在风雨中的破瓦房时，身体也像泥一样瘫软了下去……

盐　荒

老高蹬着电动三轮，载着老伴，飞快地行驶在车水马龙的大街上。虽是春寒料峭的时节，可他却累得满头大汗。引得路人纷纷向他投来好奇的目光，弄不明白到底发生了什么事，急得他如此疯狂地赶路。

“快点！你能不能再快点啊?！死老头子，家！家！我的家呀！这下可全毁了。”

尽管老高已经竭尽全力地蹬车，可坐在身后的老伴，还是急得一边不停地催他，一边直拍大腿。

老高也顾不得吭声，只是用袖子迅速地抹了一把汗，紧握着车把，瞪着通红的双眼，盯着前方拼命地往家赶。真恨不得长上两只翅膀，立刻就飞回家。

都说忙中出错，一点儿也不假。说来也巧，今天早晨刚吃完早饭，老高就接到儿子的电话，电话里儿子告诉他，由于日本大地震引起了核泄漏，听说碘盐抗辐射。国人为了防辐射，都大量抢购食盐。现在许多超市都断货了。我和圆圆她妈上班，没有时间去买，您和我妈赶紧出去买点吧，顺便给我们也捎几袋。老高放下电话就喊出正在厨房边煮大枣边准备午饭的老伴，把这事告诉了她。

“啊？还有这事儿？我咋没听说呢，断了啥也不能断盐哪！那咱就赶快去买盐吧，晚了恐怕就买不着了。”老伴听了他的话，很是恐慌。也忘了把厨房的火关了，就急忙用围裙擦了擦手，穿上衣服拽着老高走出了家门。

他们沿街走了好几家超市，一问都说没有盐。有的老板说，前天就断货了。老两口这才意识到了事态的严重性，便决定骑车直奔全市最大的超市。等他们到了那家超市，一打听虽然还有食盐，只是价格已经涨了一倍。而且买盐的人们早已把卖盐的地方围得水泄不通。涨了就涨了吧，涨了也得吃盐啊。于是老高跟老伴一商量，决定立即购买。老高排了半天的队，才按照老伴的意思买了三十袋盐。看见他紧紧地抱着盐，如获至宝般地挤出了人群时，等在门口的老伴，脸上也绽开了如释重负的笑容。

回来的路上，老两口骑着车载着那些盐，心里感到无比轻松。等他们路过平时经常去锻炼的休闲广场时，老伴又提议说："我说老头子，咱们去玩会儿再回去吧。反正儿子交代给咱的任务已经完成了。这些盐可够咱们两年吃的了。"

"好啊，玩会儿就玩会儿，回去也没什么事儿。"听了老伴的话，老高一边应着，一边骑着三轮，向休闲广场走去。可还没等他骑到休闲广场，就听到身后的老伴突然尖叫道，"不去了，不去了，快回家，刚才我正在煮大枣，忘了关火就出来了。天呀！这会儿早就烧干了，还不得着火呀?"老高一听这话，脑袋"嗡"的一下就大了。因为他们出来已经挺长时间了，即便锅里放的水再多，这会儿也得烧干了。他家住在一楼，倘若烧干了锅，引着了煤气罐，引起了火灾，那后果可就不堪设想了。屋漏偏逢连夜雨，由于出来得匆忙，他的电动三轮车也没来得及充电，等他往家赶的时候，车又没了电。于是老高只好凭着双腿使劲地往家蹬。

这会儿，他玩命地骑着三轮一闯进小区。远远就看见自家的窗户正往外冒浓烟，楼前也聚集了很多的人。大伙儿一边指指点点地议论着，一边四处张望。

"快看看吧，你家怎么了，是不是着火了……你们去哪啦？怎么才回来？也不带着电话。我们正要报警呢……"大伙儿看到老两口后都大声地喊。

"嗨！别提了，听儿子说闹盐荒，我们出去买盐啦。没想到这老家伙煮东西，竟然忘了关火。"

等老高骑到近前，便一边向大家解释着，一边从车上跳下来直奔家门。当他用颤抖的双手打开房门，只见一股浓烟迎面扑来，呛得老高连连咳嗽，眼睛都睁不开了。随即就听到身后的老伴，"啊"的一声瘫倒在地上。老高心里明白，老伴一定是心脏病又犯了。此时的老高已经顾不得她了，忙用手捂着鼻子不顾一切地直奔厨房。

等他到了厨房透过浓浓的烟雾，发现锅已经烧漏，里面的大枣已经烧成了黑炭。幸好煤气灶已经熄火。老高用手晃了一下煤气罐，才发现罐里已经没气了。如果罐里还有一点气，那一场火灾就难以避免了。老高急忙打开家里所有的窗户，释放家里的浓烟，又在邻居的帮助下，把昏迷不醒的老伴送进了医院……

第二天，电视媒体纷纷辟谣，说盐荒一事纯属谣言，请老百姓不要被蛊惑煽动。

那以后，痛失老伴的老高，逢人便说，谣言真是害人啊！

背　影

夜色凄迷，晚风阵阵。昏暗的路灯下，我独自一人骑着自行车无精打采地往家赶。和我同路的肖梅今天病了，作为家里孩子中的老大，我虽然大胆泼辣，可一个人走夜路，还是非常害怕。没想到怕啥来啥，正在我有些紧张不安的时候，就发现身后有一个人正在跟踪我，我愈加惊恐不安了。于是便加快了蹬车的速度，想尽快甩开他。可是，过了一会儿，我回头一看，那个人还是紧紧地跟在我的后面。我快他也快，我慢他也慢。完了，一定是遇到抢劫的啦。

我虽然出生在干部家庭——爸爸是我们这个镇的党委书记。可刚正不阿的爸爸，并没利用手中的权力，给我安排一个好工作。1978 年，十八岁的我随知青返城以后，就和大伙一起进了卷烟厂。一连几天的加班加点，把我弄得心情烦躁，疲惫不堪。当工人我倒不怕，最憷的就是这上夜班，走夜路了。

怎么办，我一个姑娘家，无论如何也不能落到坏人手里啊，必须得想办法摆脱他。就在这万分紧张的时刻，我突然想起自己的包里还有一盒粉，这是预备平时在厂子里洗了脸用的。对！就用它了。想到这里，我加快了骑车的速度。然后，在背包里迅速地摸到了那盒粉，便突然停下车来，故意地站住不动了。身后那个人，被这突如其来的举动弄蒙了，正当他不知如何是好的时候，我猛然转身把一张涂满了白粉的脸，豁然呈现在他的面前，只听那个人“妈呀”一声，便瘫倒在地。

见自己的妙计得逞，我就十分得意地跨上车跑回了家。

“山秀，你疯了，挺大个姑娘，你没事做什么妖？想吓死我们呐？”可想而知，我的这张白脸也吓白了家里所有人的脸，等妈妈看出来是我以后，就生气地责怪道。

“谁没事喜欢装神弄鬼的啊，我是遇到拦路抢劫的了，吓死我了。”体若筛糠的我，浑身无力地瘫在沙发上，然后又把刚才的经过跟他们讲了一遍。

爸爸听了忙问，“快告诉我，那个人昏倒在什么地方？”

我说，“就在咱家前面的那个路口。”

“走，快带我去看看他现在怎么样了？”

“爸爸，你要干吗？他可是坏人哪！”我不解地问。

“人命关天，坏人也是人啊，救命要紧。”我一听也觉得有道理，便找了个手巾迅速地抹了一把脸，拿着手电筒带着爸爸走出了家门。

夜黑漆漆的，伸手不见五指，等我们深一脚浅一脚地来到了那里，那人果然还一动不动地躺在地上。

“爸，他不会是死了吧，我怕。”我胆战心惊地说。

“别怕，有我哪。”爸爸一边安慰着我，一边蹲下身来，搬起那人的身体。

“啊——怎么是他？这不是‘文化大革命’的时候带头打倒你的那个红卫兵头子吴二赖吗？”我惊恐万状地用手电照着那个昏迷不醒、尖嘴猴腮的男人，眼前立刻浮现出他当年高喊口号，打倒爸爸的情景。

不仅如此，当年爸爸被打倒后，在陶瓷厂参加劳动改造的时候，这个吴二赖还用鞭子逼着爸爸，一口气连扛十几口大缸。爸爸因此而伤了力，得了支气管扩张，经常咳血、吐血。至今尚未痊愈。

“是又怎么样？救人要紧，快，帮我扶他一下。”爸爸不以为然地命令着我。

“爸，他这么坏你怎么还管他啊？”我依然执拗地站在那里，企图说服爸爸改变主意。

“别说了，你先回家，我去救他！”

爸爸说完，就吃力地背起烂泥般的吴二赖，踏着茫茫的夜色，大步向医院的方向走去。

只留下我，呆呆地站在那里，任凭爸爸的背影在我视野里无限地模糊高大……

暗 恋

周日的早晨，太阳还没有爬出地平线，学校的阅览室里就聚集了不少的学生。不知不觉关鹏已经在这里阅读了两个多小时。看到现在就觉得眼睛有些疲劳，他不由得伸个懒腰把视线移到了窗外。这一看不要紧，他的眼睛就再也收不回来了。

原来他看见对过的阳台上，教他们政治的老师陈瑶正在那里晾晒衣服。年轻漂亮的陈老师是今年春天才调到本校的，并担任他们初三政治老师。不知道为什么，自从陈老师第一次给他们上课的那天起，关鹏对她的感觉就有些异样——每每触及她顾盼生辉的明眸、如花似玉的俏脸，他都会感到热血沸腾，心如撞鹿。

今天，陈老师穿了一身粉红色的休闲套装，一双皓腕在阳光的照耀下显得格外的莹洁耀眼。徐徐的晨风中她衣袂飘飘，秀发飞扬，宛如仙女下凡一般妩媚脱俗。关鹏不觉看呆了。她晾完了衣服，很随意地向四周瞟了一眼，一扭身就飘回去了。

然而，怅然若失的关鹏，仍然意犹未尽地把视线牢牢地锁定在那个阳台上，真希望她能再度闪现。可是，最终他还是失望了。失望了的关鹏却有了一个新的发现，那就是陈老师住的宿舍，就在他们的宿舍下面。

这是学校最后一批没有拆迁的旧宿舍楼，阳台也是那种没有封闭的老式阳台。没想到自己竟然和陈老师住得这么近。这个意外的发现，使他那颗惆怅失落的心，得到了莫大的安慰。就在他恋恋不舍地想收回视线的时候，却又被陈老师刚才晾的乳罩吸引了。望着那个摇曳在风中的乳罩，使他不禁联想到陈老师那丰满起伏的前胸。他刚刚冷却的热血，不禁再度沸腾了起来。一个连他自己都不敢相信的想法，顿时油然而生，他再也坐不住了。于是就起身离开了阅览室，向宿舍奔去……

那天晚上，关鹏紧紧地搂着陈老师的乳罩做了一个梦。他梦见陈老师穿着一袭洁白的纱裙，飘舞在蓝天白云之间，还微笑着向他招手。他兴奋之极，于是便立刻腾空而起，向着陈老师飘飞的云端，风驰电掣般地疾驰而去。可等他刚要追上陈老师，却觉得自己的身体迅速下沉，转眼间就跌入了万丈深渊。关鹏猛然惊醒了过来，吓了一身的冷汗。就再也睡不着了，于是便在同学们那跌宕起伏的鼾声中，辗转反侧直到天明……

晚霞醉染了天边，清风吹拂着秀发，陈老师久久地伫立在宿舍的阳台上茫然四顾，视野所及之处却怎么也收寻不到要找的东西。令她匪夷所思的是，短短的半个月内，她竟然丢失了两次乳罩，而其他的衣物却安然无恙。看来以后再也不能在阳台晾乳罩了——当她不得不把疲惫的秀眸收回时，在心里这样默默地想。

“陈老师，你最近有没有丢什么东西？”第二天中午下班的时候，专门负责管理初三宿舍的生活老师李小梅来到陈瑶的办公室，笑着问她。“我，你怎么知道我丢了东西？是谁偷了我的……”陈老师闻言就立刻想到了自己的乳罩，一张白皙的俏脸顿时就绯红了起来。

“今天早晨我在检查宿舍卫生的时候，发现关鹏的床下露出半截白色的带子。于是就掀开了他的床垫——原来底下压着两个白色的胸罩，还有一个日记本。我打开那个日记本一看，里面写满了你的名字，就立刻明白了是怎么回事。”

“哦，原来是他，难怪他上课时，瞅我的眼神总是怪怪的呢。”

“解铃还须系铃人，这件事还是由你处理的好，弄不好会适得其反的，所以我就没敢声张。”李老师说到这里，意味深长地看了陈老师一眼，就转身走了。

下午，上政治课的时候，关鹏打开作业本时，却见一张纸条翩然而落。他急忙拾起，悄悄打开，陈老师那娟秀的笔迹便豁然映入眼帘。他看完后顿时涨红了脸，那节课，关鹏就再也没敢正视陈老师一眼。

第二辑

青春期

爱非爱 / 青春期

豆豆”妈“

多面人 / 种学生

借妈妈 / 买妈妈

减肥师

……

爱非爱

风驰电掣，东摇西晃，横冲直撞。十八岁的魏冬宝驾驶着奶奶的那辆奔驰“560”疯狂地行驶在夜色苍茫的街道上。头晕目眩，眼花缭乱，光怪陆离。魏冬宝眼前的世界早已不真实了——他觉得自己好像在飞，飞在一个梦幻般的世界里。他也意识到这种状态非常危险，可他驾驶的汽车就像一支离了弦的箭，早已经不受他思想的支配了。他也只能任凭自己和它一起疯狂地疾驰着、摇晃着、颠簸着。然而，一阵紧似一阵晕眩和呕吐感，致使他不得不大吐特吐了起来。

他这已经不是第一次偷开奶奶的车了。第一次偷开奶奶汽车的时候，他才十三岁。幸亏那次没有闯什么大祸，只是被交警大队把车扣了起来，让他通知家里交罚款。奶奶知道情况以后一个电话就把事情搞定了。

记得那天奶奶开车带他回来的时候，看着他知道自己惹祸了以后那种忐忑不安的样子。就一手把着方向盘，一手抚摸着他的脑袋说：“好孙子，你真长大了，有胆量，好样的，别怕！只要有奶奶疼你，爱你，你就什么也别怕。”

从小到大，只要他一闯祸，奶奶就对他说这样的话。只要她一说这话的时候，那也就是云开雾散、雨过天晴的时候了。渐渐地他才知道，奶奶可是他们市里的一个东边走路西边颤的“风云人物”。她是本地区最大的一家房地产开发公司的法人——在省里也是首屈一指的女强人、大富婆。就连市长都得给她面子。而他呢，则是奶奶的掌上明珠。说起来也是他的命好，奶奶就他这么一个孙子，不宠他宠谁？

在家里，爸爸和妈妈都不敢管他，只要他们一管，就会遭到奶奶的横加指责。奶奶的理论是，男孩子不能管得太严了，管得太严了他会变得窝窝囊囊、唯唯诺诺，将来到了社会上也会畏首畏尾、一事无成的。

有了奶奶的娇宠和纵容，他不但在家里飞扬跋扈，在学校也是耀武扬威。因为他一闯祸，奶奶一句话，就能摆平。所以，他不怕闯祸。欺负同学，打骂同学已经成了他的家常便饭。同学们见了他都跟老鼠见了猫似的。十五岁以后他就开始逃学，和一些铁哥们儿出入迪厅、舞厅、游戏厅、网吧等娱乐场所。花钱像流水一样，没钱了就向家里伸手。

记得他第一次到迪厅的时候，一个哥们儿的朋友很热情地端着一杯水迎了上来，还递给了他一个药片，满脸堆笑地说，“哥们儿吃一粒吧，吃了以后你会玩得更尽兴的。”

“这是什么?”冬宝茫然不解地问。

“‘开心丸’，好东西，我经常吃，你吃了就知道了，哥们儿不骗你，不信我先吃一颗。”与他同去的那个哥们儿轻描淡写地说完这席话，就一仰脖自己先吞下去了一颗。见此情景，冬宝也没再迟疑，便端过水杯一仰脖，也把药片咽了下去。

那天的迪他蹦得说不出来的亢奋和开心；那是一种前所未有的亢奋和开心，还和几个女迪友做了许多行动不受控制的放浪行为。许多天以后他都沉浸在那种亢奋和开心中难以自拔。从那以后，他便经常出入那家迪厅，而且每次去都得先服用“开心丸”。

头一次开车出来，他只是出于好奇，为了潇洒，寻求刺激。而这次则不然。今天晚上他又把奶奶的车偷开出来，和几个哥们儿喝完了酒，又吃了一粒“开心丸”，正准备去迪厅蹦迪的时候，却接到了一个女网友的电话，说她现在乡下的奶奶家，和表弟吵了架，让他赶快去接她。这个网友是冬宝不久前在 QQ 聊天时认识的，两个人一见倾心，早已经到了那种如胶似漆的地步了。一听到自己的女朋友受了委屈，魏冬宝二话没说，扔下那几个哥们儿就开车向乡下跑去。

没想到这一跑，酒劲儿和“开心丸”的作用都发作了。一阵翻江倒海的呕吐之后，魏冬宝的眼前一片模糊。他拚命地瞪着双眼，努力地控制着自己的情绪，然而一切都是徒劳的。随着一声刺耳的刹车声，魏冬宝就觉得自己的身体腾云驾雾般地飞了起来，然后又在一阵剧痛和混沌中失去了知觉……

“妈——妈——不好了，冬宝出车祸了。”第二天早晨，魏冬宝的爸爸魏志远接到儿子开车肇事的通知后，急火上房子似的对母亲说。

“啊？出车祸了，快说！冬宝现在怎么样了？”

“他倒是没什么事，只是受了点皮外伤，可他却把对方的汽车给撞翻了，司机也给撞死了。”

“哦，这就好，只要冬宝没事就行。”魏冬宝的奶奶一听自己的孙子没事，才如释重负乜斜了儿子一眼，接着说，“瞧你那点出息，遇到点事就像天要塌下似的，快告诉我冬宝现在在什么地方？”

“被关押在交警大队，等候处理呢。”

“什么处理，不就是要钱吗？有钱什么都能够处理。”

魏老太听了儿子的话，边打电话，边轻蔑地说。

“喂，王秘书吗？速去银行给我支五十万现金。对，马上送来，我有急用！”

“妈，这次你就不要再管他了？也应该让他接受点教训了。”魏志远无可奈何地看着母亲的一举一动，忧心忡忡地说。

“废话，他是我的孙子，我不管他管谁？”

“您总这样纵容他，他的胆子会越来越大的。”

“啰唆个啥？没了孙子，我要那么多钱干吗？当纸烧啊？”魏老太边说边穿上衣服，拿起包头也不回地扬长而去。只留下魏志远瞪着惊愕迷茫的大眼睛，呆呆地伫立在那里。

二十年以后，当魏冬宝因流氓强奸罪再次入狱时，他彻底的绝望了。因为这时，一直宠爱他的奶奶早就去世，而奶奶给他留下的万贯家产，也早已被他吃喝嫖赌挥霍殆尽。

青春期

心旌摇荡。我在这种心旌摇荡的状态下，如痴如醉地窥视欣赏着那个女人的裸体。女人那洁白的胴体、丰满的胸部，令我意醉神迷，不能自持。

“高峰!”

“到!”

“你来解释一下‘千里莺啼绿映红’是什么意思?”

“春光外泄。”

随着同学们的哄堂大笑，我的意识才完全从睡梦中清醒了。

“高峰，你最近到底怎么回事？上课不是精神恍惚就是打瞌睡、睡大觉?”

“对、对不起，刘老师，我最近有点感冒，不舒服。”

我期期艾艾地支吾着。

“哦，是吗？用不用休息几天?”

“不、不用，吃点药就好了。”

“千万不能掉以轻心啊，这个学期对你们可太关键了。”

“我知道了，老师您放心吧。”

面对老师关切期待的目光，我惭愧地低下了头，暗暗地下着决心，一定要结束那种卑鄙龌龊的行为。

然而，到了晚上十一点左右，躺在床上辗转反侧的我，又一次鬼使神差地来到了阳台上，举起了望远镜，怀着一种紧张激动的心情，朝着对过楼房的那间浴室望去。

浴室里那个女人的酮体以及远处的蝉鸣，时时冲击着我快要跳出胸口的心，使我再度陷入那种如痴如醉、意乱情迷的状态之中了。

自从两个月前，我无意中发现了对过楼房里那个女人洗澡不挂窗帘的秘密以后。每天的深夜，我都会情不自禁地从事着这种不可告人的勾当。尽管我时常会为这种龌龊的行为感到卑劣和内疚，但是我仍然不能自拔。

也许女人以为自己住在顶楼不会被人看见，或者以为洗澡时间很晚不会被人注意。总之，她每次洗澡都不挂帘。毫无疑问，她的疏忽大意给了我这个对异性充满了好奇和渴望的少年的可乘之机。

因为是夏天，根本就不存在水蒸气的问题。起初我还因为距离太远只能看见她的上半身而感到着急，后来挖空心思的我突然想到了家里那个用来旅游观光的望远镜。就这样，我便利用起这个现代化的观察武器，站在板凳上，把自己一次次遗失在那道迷人的春光里。

“峰儿，我想和你谈谈。”

这天晚上，正当我魂不守舍地趴在书桌上对着书本发呆，妈妈忽然出现在我面前。

“上周你们班主任刘老师把我叫去了，她对你最近的表现和学习成绩下降感到疑惑。”我深深地埋着头，不敢正视妈妈的眼睛。

“我观察了多日，终于发现了你精神恍惚的原因，这都怪我平时对你不够关心……”我的脸已经燃烧了起来。

“儿子，每个人都有青春躁动的时期，妈妈希望你一定要把握好自己。人的青春是有限的，千万不可因此而荒废了学业。”我已经无地自容了。

“今天晚上早点睡吧，望远镜已经被我锁起来了。”

妈妈说完，拍了拍我的肩，叹了口气转身走了。把自惭形秽、欲哭无泪的我扔在静静的书房里。

第二天晚上，我悄悄地来到了对过楼房一楼的入口处。趁没人注意，展开刚刚写好的纸条，正要往五楼的对讲处粘贴的时候，却意外地发现那上面已经贴着一个纸条了。借着微弱的楼区灯光，我看见纸条的上面写着：楼上的洗澡请挂帘，为了孩子！这正是妈妈那端庄秀丽的笔迹。

我泪眼模糊地迈着沉重的脚步，告别了那栋楼。也告别了我十六岁心旌摇荡的青春。

豆豆“妈”

“汪、汪……”随着几声犬吠，我和夫人同时从酣梦中惊醒。

“烦人。”夫人翻了下身不满意地嘟囔着。

“豆豆、豆豆，慢点、慢点，怎么跑得那么快呀？等等我……”

接着，一阵急促的脚步声向我家窗前走来……一时间人声、狗声、脚步声，声声入耳……

“真倒霉！这个豆豆‘妈’天天早晨都在咱家房前遛狗，搅得咱连个好觉都睡不成，这不是扰民吗？她敢情每天在家待着，可咱白天还得上班呢……”夫人气愤得一撩毛巾被，腾身而起，冲着闭着眼、皱着眉、捂着耳朵、躺在那里一动不动的我不停地唠叨着。

“捂、捂、你捂着耳朵就听不见了吗？同样是女人，你看看人家过得多滋润，每天除了遛狗就是打麻将，可你媳妇呢？整天累死累活的不说，连个踏实觉都睡不好，嫁给你这样的真是倒大霉了。”

我仍然紧闭着双眼不敢吱声，同时在脑海里不断地浮现出豆豆“妈”那体态臃肿、满头红发的样子。“你看人家豆豆，吃的用的比我还好呢……”夫人依旧喋喋不休。我心想，唠叨吧，唠叨吧，谁让你丈夫没本事呢，反正离做饭上班的时间还早呢，不唠叨也睡不着了。

豆豆是它“妈妈”花上万元钱买来的一条宠物狗，也是我们小区里最名贵的狗。这条狗不仅外形漂亮，而且机灵活泼、善解人意。不言而喻，豆豆“妈”也是我们小区的女人们艳羡的富婆。她不但穿着时尚，而且出手阔绰，打麻将时输一万两万的，连眼睛都不眨。据说她那个当局长的老公也相当的腐败，整天声色犬马的很少回家。

“……唉！早知道这样，还不如托生一条狗呢，你看人家豆豆每天都得吃……”

“废话！狗就是狗，如果人把狗都当成儿子养，那人不都成了狗吗？”

夫人还在兴味盎然地唠叨着，我忍无可忍地大喊了一声，便一个高儿从床上蹿了起来，穿上衣服，饭也没吃就摔门而去。

“豆豆、豆豆，乖，快过来，该吃东西了，你不饿吗？”我一出来，就和手里拿着火腿肠的豆豆“妈”碰个正着。看见她趿拉着拖鞋，两眼眼屎、满脸倦容的邋遢样，我不禁厌恶地瞪了她一眼，真恨不得她和她的狗儿子立刻就在这个世上消失。

因为时间尚早，我在小区附近的休闲广场上转了几圈，又在早点摊吃了点东西后，便步行向单位走去。

我迎着初升的阳光，沿着隔离带慢慢地走。忽然，我发现前面不远处有一个穿着破旧、两鬓斑白的老太太，拖着软绵绵的腿，艰难地向前走着。走着，走着，她竟然一个踉跄栽倒在地上……

见此情景，我大吃一惊，忙三步并成两步地奔上前去，等到了近前我定睛一看，就见老太太脸色苍白，紧闭双眼一动不动地躺在那里。

“大娘，大娘，您这是怎么了？快醒醒，快醒醒啊……”我急忙蹲在地上，轻轻地摇晃着她那消瘦的身躯，大声地喊。可喊了半天，她却一点也没有苏醒的意思。当时路上的行人不多，只有我在事发现场，我来不及多想，赶紧拦了一辆出租车，把老太太送到了医院。经过医生的紧急抢救，她才渐渐地苏醒了过来。

“其实你母亲没有什么大病，只是严重的营养不良，加上又累又饿才休克的。你这个儿子是怎么当的？回去以后一定要给老人加强营养哦。”

“她不是我母亲，是我……我是……”见医生误会了我们，我忙语无伦次地分辩着。

“对，他不是我儿子，是他救了我还把我送进了医院，真是个难得的好心人啊！”

“哦，原来是这样啊，那您快把家里的联系电话告诉我，我们好通知您的家人到医院来照顾您。”

“我，我也没有我儿子的联系电话，只有一年前他回家的时候给我留下的这个地址……他爸爸病了，家里实在没有钱治病我才到这儿找他的。”听她念完，老太太吞吞吐吐地说，然后又慢腾腾地从怀里掏出了一张皱巴巴的纸条递给了医生。富源小区十六号楼三单元202室。医生接过纸条，吃力地念着。显然上面的字迹已经很模糊了。什么？富源小区，正巧我家就住在那里。听了医生的话，我惊喜地说。

“嗯，没错。”医生点点头十分肯定地回答。

“这太好了，那我就回去直接通知他吧。”得到了医生和老太太的许可，我便从医院出来，打的向我们小区奔去。

我按照老太太纸条上写的地址，找到了她儿子家。等我按响了门铃，抬头一看却大吃一惊，原来开门的不是别人，却是豆豆“妈”！

多面人

刚接到下岗的通知，心情非常沮丧。我走在熙熙攘攘的大街上，觉得自己就像被扔掉的垃圾那样——只配承受世人鄙视的目光。我不想流泪，心里却像堵了棉花似的难受。

我不敢再看别人，只顾闷头走路，心里合计着回家后如何向老婆交代失业的事情。就在这时，我忽然听到一阵郗歔议论的声音，“唉！真可怜……”“嗯，是，是可怜……”我顺着声音望去，就见在这个车水马龙的立交桥旁，有一个蓬头垢面、衣衫褴褛的男人正跪在那里乞讨。男人垂着头，用手支撑着身躯匍匐在地上。他的左手臂却比右手臂细了好几倍，扭曲得就像一只刀螂的大腿。手臂的前方，是一个没有手指且有些溃烂的肉球（手掌）。它从男人披着的那件脏兮兮的衣服下，凄惨地呈现在人们的视线里，博得了许多惊恐同情的目光。男人的前面放着一个收集钱币的大碗，许多过往的行人都忍不住驻足把零钱扔到碗里。男人不时地向路人投来祈求的目光和致谢的神情。看见他那副凄惨的样子，我忽然觉得命运对我还算公平的，最起码我还没有沦落到街头乞讨的地步。我情不自禁地走了过去，掏出一枚硬币，扔进他的碗里。男人听到声音，迅速地抬起头，飞快地窥视了我一眼，很感激地点了点头。那一瞬间，我分明看见他那污秽的额头上，有一道很明显的伤疤。那伤疤像蚯蚓一样隐藏在他那乱蓬蓬的头发下，让人感到非常的可怕。不知怎的，我心里又像堵了棉花似的难受了起来。

在家颓废了几天以后，我不得不走上了四处求职的路。尽管我已经把条件降到最低，可还是四处碰壁。有天上午，就在我寻找工作的途中，竟发现前面有一个拄着双拐的男人，飞快地向对面走来的一个姑娘奔去。男人顶着一头鸡窝似的头发，邋里邋遢的样子，虽然拄着双拐，但却看不出究竟是哪条腿残疾。我当时很纳闷，心想，真神啦，拄着双拐还走得这么快？那条路很偏僻，行人稀少。姑娘长得很漂亮也很时髦。见男人奔自己走来，本能地躲闪着。男人不但没有让路，反而举起左拐拦住了她，并笑嘻嘻地说："小姑奶奶，行行好，给俺点钱花吧。""没钱、闪开！让我过去！"姑娘很气愤地说，显然她已经被男人这种无赖的行径给激怒了，说着就向他的右边走去。可男人又很麻利地放下左拐，举起右拐拦住了她的去路。还恬不知耻地说："没钱可以，那你就陪我聊会儿天吧。""住手——流氓！"见此情景，我忍无可忍地怒喝了一声，蓄积了已久的郁闷情绪，似乎也随这声怒吼一泄而光。听到我的吼声，男人凛然一惊，那只拦人的拐也险些掉在地上，很显然他并没有发现身后的我。男人不由得回头望了我一眼，冲我讪讪一笑，拖着长音说：

"哟——想不到还有英雄救美的呢！"

姑娘趁机一闪身走了过去，同时向我送来感激的一瞥。就在我和男人四目相对的一刹那，我竟然再次看见了那块蚯蚓似的伤疤。因为这块伤疤给我留下的印象太深了，我不禁上下打量起这个男人。我确信眼前这个男人就是那天跪在立交桥旁乞讨的男人，可他的手却好端端地拄着拐杖。"怎么是你。你的手！？"我惊异地问。"我的手怎么了？狗拿耗子！"男人狠狠地瞪了我一眼，一梗脖便从我身边走了，一副玩世不恭的样子。看来他根本就不认识我。也是，在那么多施舍过他的人中，他怎么会记住其貌不扬的我呢？

下午回来的时候，在一家杂货店的门前，我看见有几个男人正坐那儿打扑克。上午那个男人也在其中，他屁股下坐着双拐，把手里的扑克甩得啪啪直响。嘴里还不停地喊着出牌的名字，看不出他有丝毫残疾的迹象。

几个星期后，已经在纯净水公司做了送水工的我。在敲响了一家三室一厅的单元楼的门以后，竟赫然发现一个穿着考究，额头上有块蚯蚓样伤疤的男人出现在我的面前。看着他那似曾相识的目光，再看看他那装饰高雅的家，我简直不敢相信自己的眼睛。我忙把水交给他，便急匆匆地走了。走在楼梯的拐角处，我又在犄角的杂物堆里看到了那副双拐。于是，我心里的那块棉花堵得更紧了。

种学生

上课铃响了半天，仍然有好几个学生没回教室。望着那些稀稀拉拉的空座，贾老师不由得皱紧了眉头。他不安地看了看大家，又看了一眼窗外，便在黑板前默默地踱了起来。

忽然，教室的门“咣”地一声被撞开了，一个同学旋风般地刮了进来。他还没有站稳，就用手指着门外，上气不接下气地说：“不，不好了——贾老师——张，张国雄在村头放火呢，你快去看看吧——”“不好了……”紧接着他的身后又跟进来了好几个同学，他们也气喘吁吁地喊。

“走，带我看看去——”

贾老师一挥手，忙跟着同学们向村头跑去。

学校离村边不远，一出门贾老师就看见村西头有一股浓烟在迎风飘散。他不由得加快了脚步，率先向浓烟奔去。等他们赶到村边，就看见张国雄和另外一个同学正在那儿猫着腰、撅着腚，用树枝奋力地扑打着那些越燃越烈的荒火。正是春风阵阵、草木干枯的季节，这些用麦秸和杂草点燃的火，这会儿正随风飞舞、四处蔓延，大有一种不可控制的局面，万一火苗窜到田边的树林里，后果就不堪设想了。

“大家赶紧救火!”贾老师见状，忙大声地命令道，然后就抄起一棵树枝率先扑入了火场。等大家拼尽全力把这场荒火扑灭了以后，个个脸上都弄得黑一道白一道的，就像唱戏的大花脸儿。再看看张国雄，也变成了一只汗泥纵横的花脸猫。张国雄是班里最调皮的学生，他不但学习成绩差，而且还变着花样儿地惹是生非——不是上房掏鸟蛋往男生的脑袋上扔，就是从树上抓毛毛虫往女生的书桌上放……没想到今天他又跑到这儿来纵火取乐了。

“你这个刺头，真是三天不打，上房揭瓦，你吃饱了撑的啊?”气得贾老师照着他的胸脯就是一拳，打得他一趔趄险些没有摔倒。贾老师是一个性情温和的人，教他们四年了，还头一次发这么大的火。吓得张国雄也没敢吱声，只是低着头用袖子不停地抹着脸上的汗水。

“看我怎么收拾你，走！大家回去上课!”

贾老师说完就没再理他，又带着同学们向村里赶去。张国雄也像一个泄了气的皮球——耷拉着脑袋默默地跟在后面。到了学校，贾老师仍然非常生气，便对他说：“马上就快考初中了，可你还无事生非，耽误大家的宝贵时间，这节课你不用上了，就在外面站着反省吧!”张国雄无奈只好苦着脸，站在教室外面听同学们上课。

下课时恰巧有个同学向贾老师请教问题。贾老师就把张国雄罚站的事给忘了，结果害得他在外面又站了一节课。等贾老师想起了他，叫他回去的时候，就见他像霜打的茄子似的——站在料峭的春风中瑟瑟发抖。

贾老师本想再批评一顿，看他那副可怜相心就软了。就用一种温和的口气说：“你先回去吧，下次再敢调皮捣蛋，我可……”还没等贾老师把话说完，张国雄就狠狠地挖了他一眼，一梗脖转身便冲进了教室……

第二天上学后，同学们就听说，贾老师在上班的路上被人用弹弓打瞎了左眼。

等贾老师伤好出院以后，再次走上讲台的时候。由于另外那只眼睛的视力也逐渐地减退，便不得不辞去了教师的职务。

贾老师虽然是民办教师，可他非常热爱教学事业。记忆力也特别好，他们班三十六名学生的名字他早就倒背如流。他有一个习惯，就是每周一的第一节课都要点一次名。每次点名时他都不看同学，只是低着头一边看课本一边点。因为张国雄是他最不喜欢的一个学生，所以他每次都是最后一个点他的名。有时候张国雄就故意不回答，贾老师也不吱声，只是抬起头、看看他，摇摇头，叹口气就算了。

贾老师临走的那天，他又恋恋不舍地望着窗外，点了一次学生们的名字。等点到张国雄的名字时，只是掉过头来，张了张嘴，意味深长地看了他一眼。然后叹了口气，转身就走了。那一刻，同学们都看见，他那只尚未瞎掉的眼里似乎有泪光在闪

“贾老师，对不起，我错了!”他刚走出门口，身后就传来张国雄扯着嗓

子的呐喊……

失去了一只眼睛的贾老师回家种地的时候，仍然保持那个每周给同学们点名的习惯。现在没有同学，也没有课本了，他便一边种地一边点同学们的名字：张小娴、王保国、刘燕……渐渐地就不是每周点一次了，而是天天点、时时点——无论是播种还是拔草的时候都点——仿佛他种的不是地，而是在种植培育他的学生。每次点到张国雄的时候，他仍然会摇摇头，叹口气，然后就神情失落了起来。

贾老师活到七十高龄才去世。他临终的时候，又一次情不自禁地点起了同学们的名字。当他点到张国雄的时候，还没来得及摇头叹气，就听到一声郑重响亮的回答："到!"听到这个声音，贾老师的眼角立刻涌出两颗浑浊的泪花，便微笑着溘然长逝了。

第二天，已经做了某公司董事长的张国雄，为他的老师举行了一场他们村有史以来最隆重的葬礼……

借妈妈

天啊！当我看见那张熟悉的笑脸时，简直不敢相信自己的眼睛。

难道这是真的吗？我下意识地揉了揉双眼，把目光锁定在那张原本属于我、但却为别人而灿烂的笑脸。等那张笑脸和对面的俏脸亲昵地焊在一起的那一瞬间，我本能地举起相机，拍下了这个令我伤心欲绝的镜头。

公园里花笑蝶舞，草长莺飞，风和日暖，可我的心却冷到了冰点。若不是今天同事小李求我到公园为她拍几张照片寄给她在部队的爱人，我绝不会撞到这出乎意料的一幕，也绝不会相信这个残忍的事实。我万万也没想到，在我面前一向都是唯唯诺诺、老实巴交的丈夫，竟然也会背着我在这里和别的女人偷情。

“芸姐，这个假山不错，再给我拍两张吧。”小李的叫声把我从噩梦中惊醒，我不得不把目光离开那对缠绵在一起的身影，又机械地给她做起了专业摄影师。

“没想到啊，你还有这么烂漫多情的一面，想偷情到旅馆呀。光天化日的，你们也太无耻了吧？”晚上回家，我把相机里的照片从网上给小李传过去后，便指着那张特殊的照片质问老公。

老公看见那张照片，脸涨得像块猪肝。他惊愕了半天，支支吾吾地说：“怎么你，其、其实我们根本就不是情人，也没有偷情，我们只是知己——很、很要好，很谈得来的那种——她老公有外遇了，她很苦闷，约我到公园里说说话，我、我很同情她，其实我们真的没有——”

“行了！别替自己狡辩了，铁证如山……同情？同情到亲吻的地步啦！你太卑劣太无耻太恶心了！”我气急败坏地打断了他的话，歇斯底里地吼起来，眼泪也随即奔涌而出。

“我，我，我错了，我只是一时糊涂，其实我真正爱的是你，相信我，凤芸。”老公见我伤心欲绝的样子，一把抱住我。

“住口，谁还相信你的鬼话，你当我是三岁的孩子呀？你就等着在离婚协议上签字吧！”说完，我用力挣脱开，穿上衣服夺门而出。

我刚跑下楼就后悔了，因为五岁的儿子根本离不开我。可那种来自内心深处的自尊心和羞辱使我不愿意走回头路。我擦干了脸上的泪水，毅然决然地叫了一辆出租车，跑到了姐姐家。

在姐姐家的日子里，我无时无刻不想念着儿子。尽管老公每天都会打电话来央求我，希望我能打消离婚的念头，可我就是无法忘记那个令我不堪忍受的一幕。

一天中午，我和姐姐、姐夫正在吃饭，忽然门铃响了，姐姐忙放下筷子去开门。

“阿姨好！”门开了，随着这一声轻唤，走进来一个十一二岁的小女孩。女孩扎着两条小辫子，一双水晶般的大眼睛，怯怯地环视了一下我们，然后就低着头说：“吃饭哪，打扰你们了。”

“是晶晶啊，快屋里坐，有事吗？”姐姐一边嚼着饭，一边热情地把她拉了进来，按到沙发上。

“嗯，有事，等阿姨吃完饭再说吧。”女孩小心翼翼坐在了沙发上，羞羞怯怯的样子。

“晶晶有事就说吧，没关系的。”姐夫急忙走了过去，把一杯茶水递到她的手上。

“是这样的，我们下午要开家长会，我想借阿姨临时给我当一次妈妈。因为，因为我不想让同学们知道我爸爸妈妈离婚了，他们谁也不管我了……”晶晶说到这儿，眼里闪着莹莹的泪光，声音也哽咽了。

“以前都是我奶奶去给我开家长会，同学们都有怀疑了——阿姨就，就借一次好吗？”晶晶说着，大颗大颗的泪珠洒满了衣襟。

“好，没问题，别说借一次，就是十次也可以，正好今天下午我没有什么事儿。”姐姐爽快地答应着，伸手从茶几上抽出一块纸巾递给了晶晶。

望着晶晶，我仿佛听到了儿子那带着哭声的呼唤，鼻子不禁一酸。于是，便迫不及待地抓起了手机拨通老公的电话——这还是我离家出走后第一次给他打电话……

买妈妈

自从娶了城里那个“洋女人”后，为了讨她欢心——一心一意地宠爱她带来的名狗，主人就把我送到了乡下，与他的母亲还有儿子生活在一起。刚到乡下的时候，我很难过——因为我知道，我再也没有以前那种优越的生活了。后来我才发现，在这里虽然吃的、用的都大不如从前，但我却生活得很自由，很快乐。七十多岁的奶奶和六岁的小伟，待我如同家人一般。尤其是小伟，有什么好吃的，都先紧着我；不管走到哪里，都带着我；就连睡觉也搂着我。他还给我起了个很好听的名字，叫欢欢。于是，我不但很快就适应了乡下的生活，也和小伟成了亲密无间的朋友。

渐渐地我才知道，小伟根本就没有朋友。他们村里的小孩都歧视他、欺负他，还经常骂他是没妈的孩子。小伟每次被人欺负了后，都搂着我伤心地哭。而且边哭边对我说，“欢欢，他们都说我是没妈的孩子，其实我有妈妈。听奶奶说，我妈妈可漂亮了。我三岁那年，为了挣钱给爷爷治病，她就和爸爸一起进城打工了。爷爷死的时候，她还和爸爸回来了呢。奶奶说，那次回来，她给我留了很多钱。自从那次走了以后，她就再也没回来。后来我又听别人说，妈妈回城后，就跟一个大款跑了，爸爸也娶了新妈。欢欢，你知道吗？我好想妈妈，还经常在梦里梦见妈妈。每天睡觉的时候，我就想，等我醒了，一睁眼就能看到妈妈那该多好啊！那样我就不会受人欺负了。”小伟说这话的时候，泪水就像断了线的珍珠，大颗大颗地砸在了我的脸上。我不知道如何安慰他，只是紧紧地偎在他的怀里，痛惜地舔舐着他脸上的泪水……

时隔不久，奶奶竟因心脏病突发，突然去世了。奶奶死了以后，小伟也得了一场大病。那些日子，他高烧不退，经常说胡话，喊妈妈。急得我整天守在他的身旁。回来给奶奶办丧事的老主人，也没把小伟的病当回事，就在村里的诊所给他拿了点药吃。有一天，小伟醒了以后，突然坐起来，伸着手，下意识地摸索着，焦急地叫着我的名字，说，“欢欢，欢欢，你在哪儿？你在哪儿？我怎么看不见你啊?！爸！爸！我的眼睛，我的眼睛咋啥也看不见了?”小伟边喊边流着泪，使劲地揉着自己的眼睛……

见此情景，吓得老主人忙背起他向卫生所跑去。经医生诊断，小伟是发烧引起的双目失明。医生建议老主人赶紧把小伟带回城里，到大医院进行治疗。听了医生的话，老主人沉默了半晌，一副很为难的样子。

小伟啊，你先在乡下住着，我托邻居照顾你，等我回去，和你城里的妈妈商量一下，再来接你……

从诊所回来，老主人跟小伟交代了几句就走了。

老主人走了以后，小伟简直度日如年。除了我每天寸步不离地守着他，很少有人关心他。幸亏邻居刘奶奶经常给我们送些吃的来。

从那以后，小伟就整天坐在大门口，像盼星星、盼月亮似的，盼着爸爸回来接他，盼着妈妈回来看他。可他们却像从这个世界上消失了一样，音信皆无。

有一天，我和小伟正在大门口坐着，就听见路上的行人说，“喂，他张嫂，听说咱镇上新开了一家超市，什么都卖，货可全了。赶明个咱也去逛逛吧。”

没承想，小伟听了这话，便摸摸索索、磕磕绊绊地跑回了家。在奶奶的破柜子里摸出了一把零钱，又抱着我，说，“走，欢欢，他们说镇上的超市什么都卖。你给我带路，带我到超市里买个妈妈吧！我好想要个妈妈啊！”

他说这话时，空洞的眼里居然闪着希望的光芒。我无法拒绝他的要求，只能任由他牵着，一路蹒跚地向镇上走去……

减肥师

菊儿刚送走一个客人，就看见“肥婆”颠着一身的肥肉，颤巍巍地晃了进来。“肥婆”本名纪秀云，由于过于“肥胖”，又因为是飞燕减吧的常客，所以菊儿她们就背地里叫她“肥婆”。“肥婆”是菊儿固定的顾客，见她来了，菊儿忙笑着迎了上去。

“秀云姐来啦，今天做针灸还是做按摩?”

“按摩！以后少跟我提针灸，我晕针知道不？再说，针了半天一点效果也没有，不是成心宰我吗？你们还不如干脆削我一棒子呢。”秀云把包往菊儿手里一递，铁青着脸说。这时，菊儿分明看见，她那双胖成了一条缝的眼，红红的，像两个熟透了的烂桃。

“好好好，您说做啥，就做啥。”见此情景，菊儿明白，她准是又跟老公吵架了，便急忙接过包，递过一杯热茶，讪笑着说。

“开空调了吗?”秀云不屑地瞭了菊儿一眼问。

“开了，刚走了一个顾客，屋里可凉快了……您慢点走，来，我扶着您。”

“不用，你快去换床单吧，我还没胖到走不动的程度呢。”

“好的，那您慢点，我去啦。”菊儿不敢怠慢，急忙蹬蹬蹬地跑上了楼。

很快，秀云就被菊儿小心翼翼地安顿到了按摩床上。她那一百八十多斤的身躯，使那张小床不时地发出痛苦的呻吟。房间里立刻浮游着一股说不来的味儿。这味儿，油腻、黏稠、混杂。令菊儿感到一种莫名的窒息。菊儿喘着粗气，一边使劲地揉搓着自己的小手（预热），一边望着眼前那堆白花花的肥肉发愁。因为她整整忙活了一上午，已经有些力不从心了。菊儿啊，菊儿，再累你也得坚持啊，谁让你天生就是这吃苦受累的命呢？再累也比在乡下种地强吧？菊儿经常这样劝慰自己。

两年前，菊儿进城后，经人介绍，来到了这家减吧。整天与那些肥婆胖妹打交道——迎来送往，卑躬屈膝、曲意奉承中，菊儿就觉得自己特别的卑微可怜。这不仅使菊儿变得更加成熟沉稳了，而且也坚定了她不向命运低头的决心。

“你使点劲啊！你没吃饭哪！”就在菊儿一边给肥婆做按摩，一边默默地想着心事的时候。秀云却突然一睁眼，大声地喊。

“对不起，秀云姐，我今天有点累……实在是……”菊儿忙加大了力度，同时赔笑道。

“你累了也不能糊弄我啊！就你这样挠痒痒似的，我这肥什么时候能减下去啊？”秀云不依不饶，脸也愈加铁青了。

“……好好好，我使劲，我使劲……”菊儿说着，额头也渗出了热汗。

在菊儿竭尽全力的推揉按捏下，秀云终于安静了下来，闭上了眼睛，很惬意地进入了梦乡。

就在她鼾声跌宕之时，她的手机铃却骤然响起，把她和菊儿都吓得一激灵，菊儿忙把手机递给她。她看一眼就接通了电话，“喂，小霞，我在减吧呢。不行，不行，这会儿不行。不减，不减他更看不上我了，今天我们又吵起来了，他现在连碰都不碰我一下，说跟我做那事太累……你还笑呢，我都愁死了，什么？抽脂，抽脂我不是没想过，就是怕有什么危险……嗯，嗯，实在不行只能那样了……好了不说了，再见！”她挂了电话很快便又鼾声大作。

让菊儿万万没想到的是，纪秀云还真的下定决心做了抽脂手术。或许是菊儿让她感到亲切、安全的缘故。秀云做抽脂手术那一天，点名让菊儿给她做手术的医生当助手。

手术做得很顺利，等手术做完了以后，菊儿望着从秀云身上抽出的那一盆黄澄澄的脂肪，忍不住跑到卫生间干呕了好一阵子。一边呕，她还一边宽慰自己——这回可好了，等纪秀云做完了这个抽脂手术，就再也不会来减吧了，这样，我就再也不用看她的脸色，受她的气了，她这人确实太尖酸刁蛮了。

果然不出所料，纪秀云做完了抽脂手术，就再也没有到过飞燕减吧。

三年以后，已经做了飞燕减吧老板的菊儿，有一天到医院去看望生病的朋友时，却在临床床头挂着的名牌上，看见了纪秀云的名字。

难道这个纪秀云，就是……

“菊儿，怎么是你，你怎么知道我病了？”

正在菊儿满腹狐疑之际，就见一个瘦骨嶙峋的女人，在一个老太太的搀扶下走了进来，女人一进病房就认出了菊儿。

“噢……秀，秀云姐，我听说你病了就特意来看看你，你怎么瘦成这样了？”菊儿知道她误会了，就顺水推舟地说。

“唉！别提了，自从做了抽脂手术，肥是减下去了，可我的身体却一天不如一天，抵抗力也越来越差，经常生病，本来他就嫌弃我，这回就更……去年我们就离婚了，早知今日何必当初呢？”秀云说到这里，已经泣不成声了。

望着眼前这个和以前判若两人的秀云，菊儿不禁想起她曾经在减吧里颐指气使的样子，心中顿时五味俱全……

粉底刷

我是一个粉底刷，是专供主人给别人化妆打粉底用的。我的主人秀儿，是一家美容院的化妆造型师。这家美容院的生意很火，我和主人终日处于忙碌应酬的状态中。一开始，主人还能遵照美容院的规章制度，每天把我放在消毒柜里消毒。时间久了，她不是忘了，就是顾不上。秀儿是一个粗枝大叶的农村孩子，那些卫生知识和医学常识，对她来说就形同虚设。而她们老板也是个见钱眼开、不拘小节的主儿。秀儿每天都要用我给十几个顾客化妆，这些顾客不是那些吃青春饭的小姐，就是一些出入高级场合的贵妇人。她们虽然衣着光鲜，但也不乏不讲究卫生——徒有其表之流。渐渐地，我便被弄得杂菌丛生、污秽不堪，而且也不那么柔顺了。主人本想换了我，但又怕老板生气，说她不知道节省，因为这家美容院毕竟是私营的。于是便天天用我轮流作战。

有天下午，我们美容院来了一个满脸大疙瘩的女孩。女孩二十出头，长相一般，小眼睛，塌鼻梁，大嘴巴，饼子脸。但穿着打扮却很超前。T恤衫、牛仔裤，露着肚皮和腰部。

“你好，欢迎光临天资美容院，请问你化妆还是造型?”

“化妆。”

“好的，请坐。”

我一看她的脸就有点恶心，可主人仍旧不以为然地和她打过招呼，很热情地把她让到座位上。然后，就拿起我在她的脸上涂抹了起来。当我在她的脸上游走的过程中，我已经嗅到了一股怪异的味道儿。

“这、这、这，这儿再来一下，嗯，对，还有这儿……”

女孩还挺挑剔，仰着脸，照着镜子，冲着我的主人不停地指点着。仿佛多抹点粉底，就能掩盖住她脸上的那些“高山丘陵”似的。等我离开她的脸颊时，就已经被那些疙瘩上溢出的液体浸湿了。把女孩应付走了以后，主人仍然用我继续给那些络绎不绝的美女们化妆。或许主人也意识到我已经被污染了，该消毒了。等应酬完所有的顾客，她便拿着我向消毒柜走去。就在这时，主人手机忽然响了，她忙攥着我接通了电话，“喂，徐斌呀，有事吗？”

“下班了吧？一会儿我请你吃饭，想你啦，老地方见。”

“好的，我马上就去，一会儿见！”

徐斌是主人的男朋友，听到他的邀请，主人很高兴，便把给我消毒的事儿忘得一干二净。不仅如此，还拿着我兴致勃勃地给自己化起妆。主人把自己的脸修饰满意了以后，又把我顺手扔进了化妆包，就匆匆忙忙地去幽会了。

第二天，她仍一如既往地拿着腌臜的我，忙碌着、工作着……

几天以后，一件意想不到的事情发生了——我主人的脸上也起了一些大疙瘩，并开始瘙痒。她的脸上长了疙瘩后，顾客也渐渐地少了。许多顾客，一看她的脸都唯恐避之不及。

时隔不久，就有许多顾客纷纷找上门来。她们说：自从在我们这儿化过妆后，脸上便又红又痒，还起疙瘩；还说我们用的产品和工具不卫生，要到消费者协会告我们。

经过医生的诊断，我主人和那些顾客都染上了接触性皮炎。卫生部门也对我进行了抽样化验，确定我就是传染源。于是，我当场便被付之一炬。就在我生命即将结束的瞬间，我看到了主人那张惶恐不安的脸……

流浪歌

天刚亮，阿坤就从医院里偷偷地溜了出来。他不溜不行啊，因为身无分文的他根本就没有钱再交住院费了。他每走一步，都会感到一阵痛彻骨髓的疼痛。他咬着牙，皱着眉，只穿过一条街道，就已经大汗淋漓了。他踽踽地来到一棵大树旁，一屁股坐在树根下的石头上，把那条摔伤的腿慢慢地放平，才大口大口地喘了一会儿粗气。好不容易把气喘匀，他才从怀里掏出来一个很旧的MP3，把耳机放在了耳朵上。听着歌，他神情也变得轻松愉悦了起来，脸色也不那么苍白了。身靠着大树，阿坤慢慢地睡着了。早春的天气依然十分寒冷，大街上静悄悄的，只有MP3里传出来的那首陈星演唱的《流浪歌》和阿坤头上的热气，还有嘴里呼出的哈气，慢慢地在空中缭绕飘散着。

阿坤高考落榜后，就一直在家里务农。三年前父亲在一场车祸中不幸丧生，母亲又常年疾病缠身，家境就变得更加的窘迫了。为了挣钱给母亲看病，也为了和相恋多年的对象早日成亲，阿坤便决定出来打工。进城以后，他找了好久，才在一家建筑工地找到了活儿。就这样，他便在那里起早贪黑地干了起来。打工的日子里，他最喜欢的就是在MP3里听这首陈星演唱的《流浪歌》。因为只有这样，似乎才能缓解他工作的疲劳和思念家乡的痛苦。转眼就干了一年，可等到了年终，工程结束领了工钱，阿坤高高兴兴地到车站买票，准备回家过年的时候，却把自己含辛茹苦挣来的那些血汗钱，在一片混乱和拥挤中给弄丢了。

钱丢了，还有何颜面回去面对母亲，面对女友啊？阿坤无奈，只好退了票留下来继续打工。可是，阿坤这次打工的那家建筑工地上的吃住条件极差，老板也非常苛刻，为了赶进度，每天都让他们干十几小时的活儿。几天下来，阿坤的身体就吃不消了。前天早晨阿坤在高空作业时，一不留神就掉了下来，摔伤了左腿，造成了粉碎性骨折。

老板闻讯赶到以后，望着躺在地上痛苦不堪的阿坤，非但没有半点同情，反而阴沉着脸大声责备道，“干这么几天的活，就管我要工钱，你这不是跟我过意不去吗?”阿坤没敢言声，只是双手紧抱着摔伤的腿痛苦地呻吟着。

“老板，你这样说话可就不对了，难道他是故意的不成？谁能拿自己的性命开玩笑啊?”……“就是，就是，谁家没有老婆孩子啊?”……见老板那冷漠无情的态度，工友们都纷纷地为阿坤打抱不平了。老板无奈，只好叫车把他送进了医院，丢下了五百元钱，给他办理完住院手续，便扬长而去。等医院又让阿坤补交费用，阿坤再给他打电话的时候，他的手机便成了哑巴。

流浪的人在外想念你，亲爱的妈妈。流浪的脚步走遍天涯，没有一个家，冬天的雪花儿……初升的阳光，暖暖地照在身上。MP3 里的那首《流浪歌》还在不停地唱着。酣然入睡的阿坤做了一个梦——他梦见自己已经回到了家乡，和自己心爱的姑娘一起走在乡间的小路上……他笑了，笑得是那么憨、那么甜——就连树上的鸟儿也停止了啼鸣，生怕惊醒阿坤的美梦……

纪神经

远远地，高强就见纪神经的门诊前围了一群人——出了什么事？他心头一颤，忙一溜烟地跑了过去，分开众人进去一看，原来是卫生局的，正要没收纪神经的药，还说他是无照经营得停业检查。纪神经依旧稳稳当当地坐在那里，不慌不忙地说，我的牌子就在门后放着呢，执照也在这儿，我太忙没抽出时间挂。说着，他就从抽屉里拿出执照往桌上一放，像没事的人似的，继续给病人瞧病。

纪神经原名纪鹏，本是一家公立医院的内科大夫。他不但技术好，而且工作积极努力，深受领导重视。然而，只要一有时间，他就捧着中医学仔细地研究。祖国中医学的博大精深，令他爱不释手、如醉如痴。他不光自己迷，而且还经常向同事们宣传中医的奥妙和神奇。他那走火入魔的样子，常常给人一种神经兮兮的感觉。因此，大伙儿就送他绰号——纪神经。

功夫不负有心人，经过一段时间的潜心研究，纪鹏还真总结出一套中医治疗各种疑难杂症的医疗方案和药物配方。于是，他就辞了职，开了一家私人诊所。酒香不怕巷子深——他的诊所虽然不大，地段也不算太好，却有很多患者慕名而来。

他的药是由中草药磨成的药面，这些草药是从外地进来的。每天晚上纪医生都得和媳妇用电磨磨药。药面磨成了，两口子也变成了一对“白头翁”。这些药不但疗效好，而且也免去了患者泡药、熬药等诸多麻烦！

高强家是农村的，自打父亲得了肝腹水，他花光了所有的积蓄，借了不少的钱也没有治好父亲的病。后来听说纪医生也是个治疗肝病的高手，就慕名而来。因为路远，他带着父亲来了以后，几乎花得身无分文。纪医生得知情况就免费给他拿了一个疗程的药，让他们回去吃吃看，以观疗效。

可拿了药，高强却不肯走，他苦着脸近乎哀求地说，纪医生，你好人做到底吧，俺真的没有钱来回折腾了，您能不能就让我们父子住在你的诊所里，搭地铺也行。我明天就出去打工，挣钱还您的医药费和住宿费。纪医生听了忙摇头说，不行不行，我的门诊太小，你们住在这儿太不方便。这样吧，我在附近给你找家旅馆，费用我出。这，这可使不得，使不得啊……好了，别说了，就这么定了！高强还想说什么，却被纪医生阻止了……

就这样，纪医生便给他们找了家旅馆，让他们住下治病看病。高强就一边打工，一边伺候父亲。今天早晨他父亲的药吃完了，他来找纪医生拿药，正巧遇到卫生局前来检查。

“不行，你不挂牌营业就是违法。”卫生局的人说着就要动手。高强见此情景，“扑通”一下就跪在了地上，咣咣咣地给他们磕了三个响头，痛哭失声地说，“你们千万不能没收纪医生的药啊！我爹的命全靠他的药维持呢。他可是大伙儿心中的神医啊，不信你们问问他们。”众人也一致响应。卫生局的人无奈，只好走了，纪医生又继续给病人看病拿药。

在纪医生的精心治疗下，高强父亲的病果然有了明显的好转。几天后，纪医生又给老人复诊的时候，便告诉他们说，再住半个月就可以回去了。恰巧高强的妹妹也从乡下赶来看望父亲，一家人听了，高兴得像过年似的。

没想到就在这时，纪医生的媳妇出门进药，不幸在车祸中丧生。

高强的妹妹很同情中年丧偶的纪医生，也欣赏他的朴实和善良。打那以后，她就经常到门诊帮他磨药、配药——打理生意。

时间久了，高强就看出了苗头。便找了一个机会，跟纪医生捅破了这层窗户纸——“嫂子去世以后，你一个人过也不容易，如果你不嫌弃就娶了俺妹妹吧，我看得出她也很喜欢你。”纪医生听了脑袋摇得像拨浪鼓似的说，“使不得，使不得，你妹妹还小，我这个已婚的穷医生，太糟蹋她了……”

高强回去后便把纪医生的意思传达给了妹妹——劝她就死了这份心吧。谁承想他妹妹一听，就把两条乌黑的大辫子往背后一甩，很坚决地说，“你去告诉纪医生吧，俺这辈子就认准他了，他一天不娶，俺就一天不嫁……”

皇天不负有心人，不久后，纪医生果然在高强妹妹的爱情攻势中妥协了。从此，小镇就出了一对悬壶济世的神仙眷侣。

第三辑

追逐阳光

蝶梦依旧 / 心灵有耳

孑然伊人 / 鱼的眼泪

武者风范 / 鸡飞蛋打

宠物不宠 / 深沉的爱

……

蝶梦依旧

“小羽，你能原谅妈妈吗？今天是你的生日，你应该开心点，快看看妈妈给你买了很多好吃的。”

“不吃，不吃，我不吃！我永远也不会原谅你的，你就死了这条心吧……”方轻羽冲着妈妈歇斯底里地喊了一气以后，就又依然故我地坐在轮椅里，痴痴地望着窗外。

自从下肢瘫痪了以后，她每天除了无故地和妈妈发脾气，就是眺望着窗外——望空中的鸟儿飞，看窗前的蝶儿舞。她真的好想像鸟儿和蝶儿们一样——摆脱牵绊，挣脱束缚，自由地翩飞和翔舞。

看累了，她就用笔画。画鸟儿在蓝天上自由地飞，画蝶儿在花丛中快乐地舞，画蜻蜓在荷上亭亭地立……凡是有翅膀的东西她都喜欢画，因为所有的翅膀都能给她带来对自由的渴望，都能帮她实现一个飞翔的梦想。她觉得她在为它们画上翅膀的同时，也为自己插上了一双飞向梦想的翅膀。她的绘画作品也经常在市里和省里获奖。

她是一个渴望飞翔的女孩，从小到大一直这样。在幼儿园的时候——每当与六七十个小朋友被“关”在教室里，学习那些枯燥的字母和单词时，她就非常羡慕窗外那些自由飞舞的蝴蝶，渴望自己能像它们一样拥有一双挣脱束缚、飞向天空的翅膀。每次和父母逛街散步的时候，她都喜欢张开双臂做展翅飞翔状。

六岁那年的一天中午。妈妈和几个牌友打牌，爸爸在陪她睡午觉。可她刚睡着，就被妈妈她们的打牌声和说笑声惊醒了，心绪烦躁的她就再也睡不着了。于是，她便悄悄地来到了阳台，趴在窗台上看楼下花坛里那些飞舞的蝴蝶，看得那么的痴迷那么的沉醉。

就在这时，突然有一双彩蝶在灿烂的阳光下，舞动着色彩斑斓的羽翼，冲着她翩翩而来。她欣喜若狂，站在窗台上展开手臂，情不自禁地向它们扑去。让她万万也没想到的是，蝴蝶没有扑到，她却坠落到楼下的花坛里。

躺在花丛中，回想着刚才的情景，她觉得自己仿佛真的已经展翅飞翔了一次。可等她的意识完全恢复了以后，就觉得一阵撕心裂肺的疼痛感立刻遍布了全身。夏日的阳光火辣辣的，刺得她不敢睁眼，她就这样静静地躺着，享受着阳光的亲吻、花香的拥抱，仿佛自己真的已经变成了这花丛中的蝴蝶。

“哎！小羽，大中午的你怎么一个人躺在这里？”就在她又一次沉浸在蝶梦中的时候，楼下的李奶奶摇着扇子路过这里发现了她，惊骇地问。“我，我是从楼上掉下来的。”“天呀，怎么掉下来的？”“扑蝴蝶，奶奶我好痛！”“你爸爸哪？”“在睡觉。”“妈妈哪？”“在打牌。”“啊？还打呀？！”李奶奶听了一拍大腿，扔掉扇子，上前一步迅速地抱起从五楼掉下来的小羽，大声地喊：“来人呀——救命啊——”

从那以后一直都渴望自由飞翔的小羽，却失去了更多的自由，被关进了更深的“牢笼”——过上了只能依靠轮椅行动的日子。也就是说她不但没有插上翅膀反而又失去了双腿。尽管她终日坐在轮椅上，可是她依然固执地做着一个展翅飞翔的梦，几年来从不间断。

此刻，十四岁的小羽，望着一脸忧伤和无奈的妈妈，她突然觉得自己不应该再怨恨妈妈了。是啊，有谁能够阻止得了一个人对梦想的执著追求呢，哪怕这个梦想根本就不可能实现，哪怕这个梦想会让她粉身碎骨……

那天晚上，小羽做了一个梦，梦见自己已经破茧而出，羽化成蝶——展开斑斓的羽翼，向一片姹紫嫣红的花丛，幸福地飞去……

心灵有耳

汽车转过两道山坳，山路更加的崎岖。黑漆漆的夜色中，那些连绵起伏的群山，鬼魅一般影影绰绰、模糊不清。

周波揉了揉眼睛，还是觉得视野模糊昏暗。为了赶回家给母亲祝寿，他已经一天一夜没合眼了。此时的他多么想休息一会儿——合合眼啊！哪怕只有一刻钟也好。尽管他知道疲劳驾驶的危害性，可是他还是不想让母亲失望。

母亲为我操劳了一辈子，一生就这么一个七十大寿，无论如何我也得赶回去啊。唉！要不是这次装的货迟到了两天，这会儿我已经和在母亲在一起唠家常啦。想到这里，他更加归心似箭。于是，他便强打着精神，使劲地瞪着眼睛，小心翼翼地行驶在崎岖坎坷的山路上。

周波从小就没了父亲，是母亲既当爹又当娘把他拉扯大的。所以他与母亲的感情特别深，也是出了名的大孝子。从小到大，每次别人给他好吃的或者在外面吃什么好东西，他都会留下一份拿回家给母亲吃，就连他妻子都嫉妒他对母亲的这份深情。周波的母亲患有遗传性耳聋，随着年龄的增长耳朵就越来越背。周波也曾带着她去过几家医院，给她配助听器。可是她就是戴不服，一戴脑袋就“嗡嗡”地响。无奈母子俩只好作罢。

让左右邻居都感到奇怪的是，她们每次与周母说话的时候都得大声地喊，甚至喊破了嗓子她也听不见。但不管周波和她说什么，声音有多么小，她都能听明白。出于好奇，有的人就问周波的妻子。周波的妻子就耐心地解释说，你们不知道，我婆婆一看俺家老周的口型就知道他在说什么，可别人的口型她就看不出来。这母子俩啊，其实根本不用语言交流，两个人通过彼此的一个动作、一个眼神就能够知道对方想做什么。我家老周每次出车的时候，不用通电话，婆婆就知道他哪天回来。问她是怎么知道的，她就说，是预感到的，你们说神不神啊？或许这就是人们所说的心有灵犀吧。大伙儿听了无不啧啧称奇。

那天午夜时分，周波的母亲突然从梦中惊醒，吓出了一身的冷汗。她就急忙跑到隔壁，喊醒了周波的妻子，

“秀云，快醒醒，别睡了，我刚才做了一个梦，梦见周波跟我说，妈，我好困，我真想睡一会儿，妈，我睡了，你们别吵我啊……我估计为了赶回来给我过生日，他准是又开夜车了。你快打电话提醒提醒他，叫他注意休息，千万不要疲劳驾驶。”

周波的妻子听了这话，急忙拨打了他的电话。电话拨通了，可等了大半天对方才接，把秀云急得手心直冒汗，周老太太也紧张得瞪大了双眼。

“喂，秀云，怎么这么晚了还打电话？”

“你干啥呢？咋这么半天才接电话？急死我了。”

“我在开车赶路，刚才困得直打盹，突然被你的电话吓清醒了。”

“咱妈预感到你在开夜车，就让我给你打电话，你果然在开夜车啊！听着，家里的一切我都安排好了——饭店也订好了，蛋糕也订了，你明天只要晚上能赶回来就行，现在你马上给我找个旅馆睡上一觉，别让我和妈妈再为你担心了好吗？”

“好好好，我听你们的马上找个地方睡觉，我挂了，明天见！”

周波的妻子像爆豆般说完了这番话，并得到了满意的回答，才如释重负收了线。

接完了妻子的电话，周波果然精神了许多，他紧盯着昏暗苍茫的前路。心想，等开过这段山路，我真的得找个地方休息一下再走，夜里走这样的路确实太危险了，不但路况不好，而且能见度也低……正想着，忽然看见前面不远处，有一堆黑糊糊的东西。他吃了一惊，忙放慢了车速，等到了近前才看清楚，原来是从路旁的悬崖峭壁上，滚落下来的一块大山石。那块山石像座小山般耸立在路中间，给人一种如狼似虎的恐怖感。绕过那块山石以后，周波惊出了一身的冷汗，心想，如果没有母亲和妻子刚才那个电话，昏昏欲睡的我一准与这块山石来个生死大接吻。看来是母亲救了我的性命，想道这里，周波不禁鼻子一酸，顿时泪流满面，一种扑进母亲怀里的冲动也油然而生……

孑然伊人

昏黄的路灯下，花坛里的各色鲜花儿正在怒放。轻柔的晚风拂送着淡淡的花香，令人神清气爽。我时常挽着老公的手，悠闲地漫步在小区附近的休闲广场上。可最近我们漫步的兴致，总会被一个人的出现而打破。

这是一位形单影只的瞎女人。第一次远远见到的是那只可爱的蝴蝶犬，它悠然而高贵。后面走着的是一个性感、时髦的女人。渐近，才看清她的那只瞎眼已经完全成了一个缝合扭曲了的平面，附近还有一道明显的疤痕，连眼眉也荡然无存。我感到她的脸就如打碎又黏接起来的花瓶，破碎，冰冷，猛然一看，令人心悸胆战。

“哎，这个女人是谁？过去一定非常漂亮。”

“不知道，脸怎么弄成这个样了。”老公十分惋惜地说。

“真可惜，这么年轻就瞎了眼睛。”

我和老公十分同情地议论着，慢慢地向家走去。可刚走到我们单元的楼道口，又和她碰个正着。她慌乱地瞄了我们一眼，转过身抱起狗，就往楼上走。我和老公略一迟疑，互相对视了一眼也跟着往家走，等我们到四层家门口时，便听到她在楼上开门的声音，哦，原来她就住在五层。

以后晚上散步的时候，我们时常在休闲广场上碰到她，她的神情总是那么的凄惶落寞。偶尔白天遇到她的时候，她都带着一个大大的墨镜。只有这时她才好像已经完全变了一个人似的，谁也看不出来她是一个独眼女人。她那时髦的穿着和标致的身材，依然散发着一种难以抗拒的青春活力。

后来和邻居闲聊中，才渐渐地知道了她的一些情况。原来她以前是给人家做“二奶”的，在一次陪包养她的那个男人喝酒的时候，和人家发生了口角，厮打了起来。她的一只眼睛，就是被他们摔的酒瓶子飞起的玻璃片刺伤瞎掉的。伤好了以后她就被那个无情的男人给甩了，男人虽然给了他一笔生活费，但她却沦落为一个被人鄙视、孤苦无依的残疾女人。

她成了我们邻居不久，我家的门前就出现了一种怪味儿，确切地说是尿臊味儿。入冬后，由于是封闭性楼道，那股味道就愈加浓烈了，我每次出门的时候，都会被这种迎面扑来的味道呛得直皱眉头。其其实我早就猜到这就是瞎眼女人的狗尿的。为了验证我的猜测，有一天，我听到她出门的声音时，就故意出来倒垃圾。只见她的狗欢蹦乱跳地跑下了楼，蹲在我家门前的脚踏垫上就尿。原来她的狗已经养成了在我家门口尿尿的习惯，气愤之极的我真想用笤帚打它几下，可碍于邻居情面，我只是吆喝了一声。随后而下的她却似乎充耳不闻，仍然一脸的冷漠。

晚上，我爱人一进门就和我发起了牢骚。“妈的，真倒霉，刚才在楼道门口踩了一脚的狗屎，气死我了。”

“不用说，一定是瞎眼女人的狗干的。你发现没，她的狗还往咱家门口尿尿呢。”

“哦，我说咱家门前的味道怎么总是怪怪的呢！”老公恍然大悟地说。

“不行，我得想办法，提醒她一下。”

“唉！还是算了吧，又不是只在你一家门前尿，以后你就往楼道里多喷点空气清洁剂好了。”

“那怎么可以哪！这又不是一天两天的事，我不提醒她邻居们都跟着遭殃了。”我说得理直气壮，丈夫点头默许了。

第二天，我写了一个很苛刻的纸条，偷偷地放在她家门前的订奶箱里。我是这样写的：请管好你家的狗吧！自从你来了以后，这个楼道里已经失去了人味。

做完了这件事后，我默默地观察着她的反应。发现她几次路过我家门口都呵斥狗两声，我明白她一定是看到纸条了。我开始为这种立竿见影的做法自鸣得意起来。不久，我发现，她的身后已经看不见小狗了。没有小狗的陪伴，她显得愈发的孤独没落了，难道她把狗？我心里一阵窃喜……可是没多久，我再也看不见她的身影了。

难道她真的搬走了吗？

时光匆匆，转眼间又到了秋季。

有一天我和老公饭后散步的时候，在休闲广场又遇到了形单影只的独眼女人的女人。她的脸上很明显地写着久病初愈的憔悴。在那个秋风瑟瑟、落叶纷纷的夜色里，瞎女人孑然独行的身影显得那么的寂寞和凄凉。就像花坛里那些枯萎凋零的落花儿，令人倍感惆怅和悲伤。那一刻，我不禁为自己那种自私无情的做法所造成的这个凄惨的结局而震撼、刺伤了。真想立刻就找回那条狗，来安慰这个茕茕孑立的女人。

“没了小狗，她太可怜了!”

“是啊，为了一个当官的多不值啊!”

“哎！现在蝴蝶犬多少钱一条?”

“怎么，你想?!”老公看了我一眼会心地笑了……

鱼的眼泪

1963 年的秋天，是一个多雨的季节，因连降暴雨，滏阳河水位骤然上升。

一天凌晨，鲤鱼老白睡得正香，竟被一阵雷声惊醒，金箭似的闪电撕裂着夜空，河水汹涌澎湃，天空在颤抖，大地在震动。不好了，发洪水了，快跟我来。老白高喊一声，用尾鳍扫醒了身边的儿女们，想带着他们赶快逃离，可是已经来不及了。但见滏阳河的洪水咆哮着，像一群受惊的野马，从上游狂奔而来，势不可挡。河岸两边的房屋、田地瞬间就被肆虐的洪水冲毁、吞没。老白他们也只能伴着那些数不清的漂浮物，沉浮跌宕，随波逐流，颠沛而下。

他们不知道自己在洪水中挣扎了有多久，直到东方鱼肚露白，才辗转漂流到了一片比较平稳的水域。这时，老白才发现自己和儿女们已经失散了，只有大女儿小白还在身边。老白很伤心，想逆流返回去寻找她的儿女们，却被别的鱼劝阻了，毕竟洪水还在泛滥，这样做很危险。后来他们才知道这条河叫子牙河。于是，劫后余生的老白和小白 便在这里生活了下来。

背井离乡的日子里老白很想家，也非常牵挂自己的儿女们。小白也是如此，她也非常怀念和兄弟姐妹们在那个草丰水美、清明澄澈的滏阳河里嬉戏生活的日子。她暗自发誓，终有一天，她一定要回到那个令她魂牵梦萦的家园。可眼下她却没法实现这个心愿——因为她怀孕了。

等小白产下自己的儿女，又把他们带大了以后，便决定带着他们和老白一起返回滏阳河。当他们逆流而上，历尽千辛万苦刚刚游到滹沱河的时候，灾难发生了。老白误食了河里有毒的食物，竟然中毒身亡。小白痛哭之后，就大病一场。命运似乎并不眷顾小白，恰在这时，她的一群儿女在游玩的时候，也不幸被渔民的黏网给捕获了。失去儿女的小白很伤心，也很绝望，但性格倔强的她还是决定独自返回故里。

你不要命了？你没看见现在滹沱河上的渔船一只挨一只，渔网铺天盖地到处都是。你如果不想和你的儿女一样成为网中鱼的话，就别意气用事。当她拖着虚弱的身子正要启程的时候，却被好友白鲢给制止了。小白觉得她说的也很有道理，就努力地克制着自己的思乡之情，又留在滹沱河里。滹沱河干旱的时候，她就和其他的鱼类转移到一个不知名的水泡子里，艰难地繁衍栖息着。就这样，她又漂泊了许多年。眨眼间，她也从小白变成了老白，而她对故乡的思念却愈来愈强烈。

鸟恋旧林，鱼思故渊。“96·8”洪水发生以后，小白终于带着自己的几个儿女，历尽艰险，几经辗转，返回了她日夜思念的滏阳河里。可眼前的一切却让她感到那么陌生、那么可怕，这还是她那个草丰水美、清明澄澈的家园吗？还是那个让她魂牵梦萦的栖息地吗？没有了昔日清澈澄碧的河水，没有了畅游嬉戏的鱼群。望着那片腥臭污秽的水域，小白的几个儿女皱着眉扁着嘴地埋怨道，妈妈，这是水吗？这就是你常说的如何美丽、如何富饶的家园吗？原来你是骗我们啊？他们的话，正好被经过这里的一条黑鱼听见了，他情不自禁地接过话茬，这不是水，这只是我们鱼的眼泪。

鱼的眼泪？小白和儿女们闻言，都惊愕地问道。

是呀，这几年城市发展了，环境却污染了，工业废水排放到了滏阳河里，乱捕乱捞现象十分严重，许多鱼不得不流着眼泪离开了这里，这不是鱼的眼泪是什么呢？黑鱼在污水里艰难地摆动一下身体，十分伤感地说道。唉！我老了，游不动了，不然的话，我也早走了。我劝你们还是快走吧，否则迟早会葬送在我们自己的眼泪里。黑鱼叹了口气，摇了摇头，转身又钻进河底的淤泥里。

小白不知道自己是怎么离开这个伤心地的。她想不明白，为什么城市的发展就得让她失去美丽的家园呢！

小心，前面有渔网。就在她胡思乱想的时候，忽然听到儿女的惊叫，几个儿女机警地躲开了渔网，可小白却被逮个正着，她无力地挣扎了几下就放弃了。渔网被缓慢地提出水面，小白的眼里流出了几滴眼泪，说不清是伤心还是失望，她太累了，刺眼的阳光照射过来，她痛苦地闭上了眼睛，向着梦境中美好的家园，快乐地飞去……

武者风范

那年夏天，我从省城开会回来，下车时天已经黑了。我住的地方又很偏僻，丈夫外出，没人接我，望着被黑暗笼罩的城市，我不禁有些害怕。

“坐车吗?”正在这时，就见一辆三轮迎了过来。蹬车的是位老人，穿着朴素，精神矍铄，和蔼可亲。

“坐，到后马庄，您知道路吗?”

“知道，上车吧，三块钱。”我二话没说，就上了车与老人一起，穿梭在苍茫的夜色里。

老人的车蹬得又快又稳。一路无话，快到家的时候，一直轻捷欢快的车，却忽然变得沉重了起来。老人似乎也感到了异样，便急忙刹车，跳下来对我说，“妮啊，对不住了，车爆胎了，你家还有多远，我走着送你吧，车钱俺就不要了。”

“不用送了，我家就在前面，我自己走吧。”无奈，我只好下车，把准备好的钱递给了他说。

“不行，我还没把你送到地方呢，这钱我不能收。”老人一摆手，推着车转身就走。

“不，大爷，我就快到家了，这钱您应该拿着。”我急忙追上前去。“说不要，就不要，不该要的钱我不会要的。”老人不但没接，反而加快了步伐。趁他不备，我就把那三元钱，扔进了他的车厢。

老人走了，我只好壮着胆子，独自向家走去。走着走着，突然从前面小巷中蹿出来两个黑影，拦住我的去路。站住！别走了，把东西放下，陪哥们儿玩玩再走，嘿嘿……说着，就向我逼来。

来人啊——救命啊——我见事不好，情不自禁地发出这一歇斯底里的呼救，转身就跑。但已经来不及了，一个男人恶狼般地扑了过来，一把夺走了我手中的包，并把我拽进了怀中——

“住手”——随着一声呐喊，只见不远处又飞来一个黑影。黑影轻如风、快似箭，眨眼就来到我们面前，就在那两个男人一愣神之际，黑影便以迅雷不及掩耳之势，向他们发起了攻击。还没等我看明白怎么回事，随着几声杀猪般的惨叫，两个男人已经被掀翻在地。他们再也不敢还手，急忙磕头求饶，“师傅，师傅，饶了我们吧，我们再也不敢了。”

“滚，快给我滚，再让我知道你不干人事，我绝饶不了你！”话音刚落，那两个男人就连滚带爬地消失在夜色里。

“谢谢您，大爷，多亏您了。”这时，我已经看清这个救我的人，就是刚才那个蹬三轮车的老人，便急忙走上前去连声道谢。

“吓坏了吧，妮？幸亏我没有走出多远……唉！这些禽兽不如的东西，我还是把你送回去吧。”

此时，魂飞魄散的我，再也不敢逞强。老人把我送回了家，连门也没进，就匆匆离去了。

几天后，丈夫王凯回来了，我便跟他说了此事，丈夫拉起我就走，说去找那个恩人。

我们到了车站，果然在那些等活儿的三轮车中找到了老人。

“大爷，您会武术吧，那天晚上您的身手简直太快了，直到现在，我还以为在做梦呢。”向老人致过谢后，我又情不自禁地问。

“其实也没什么，我老家是沧州的，为了投奔女儿才到衡水。沧州出身的人，哪个不会点三脚猫的功夫。”

“大爷您过谦了，我是三小的体育教师，很想学点武术，将来好在学校办一个武术培训班，我有意拜您为师，您就收下我这个徒弟吧。”王凯说着就要下拜，却被老人拒绝了。

“不行，不行，我已经发誓，再也不收徒弟了。”老人说完跳上三轮，蹬着就走。

就在我们望着老人的背影不知所措的时候，旁边一位蹬三轮车的汉子说话了：“你们俩啊，就死了这份心吧，老高头以前也收过一个徒弟，可他出徒后却不学好，经常干一些打家劫舍、偷鸡摸狗的勾当，所以他就发誓，再也不收徒弟了。不过，这家伙的功夫可真不错，沧州武术的八极拳、劈挂拳、六合拳……几乎样样精通。如果不收徒弟，还真有点可惜了。”

“这样把，我告诉你们一个秘密，老高头每天早晨都到人民公园练功。学艺不如偷艺，你如果真想学，就到那里找他吧。”

丈夫果然依计行事——从那以后每天早晨都到人民公园跟高师傅学艺。刮风下雨、寒来暑往从不间断。时间久了，高师傅就被他的执著和诚意打动，便收下了他这个徒弟。不久王凯又在学校办起了武术培训班。

1989 的首届沧州武术节上，王凯率领的武术班在会上登台献艺，一展风采，博得了广大观众的一致好评。王凯本人也荣获“中国武术散打王擂台赛”的冠军。

当王凯拿着奖杯再次寻找老人，老人已经不知去向。

鸡飞蛋打

“刘所长——不好了——不好了——咱们上午审的那个犯人跳楼自杀了!”下午上班的时候，七星镇派出所所长刘健民刚在办公桌前坐定，就有人慌慌张张地跑来报告。

“什么？跳楼自杀了，这还了得，快叫救护车马上抢救。”刘所长一听这话脑袋“嗡”地一下就大了，他立刻拍案而起，一个箭步向外奔去……

上午审讯的这个犯人名叫吴青云，据他供述：半年前他出差回来时，竟将妻子和自己的铁哥们儿捉奸在床。朋友妻不可欺，羞辱难当的他当时就和朋友大打出手，事后又和妻子离了婚。由于妻子是过错方，所以通过法院判离时她没有得到一点财产，为此妻子恨他太绝情，扬言一定要报复他。他只当是她的气话，也没放在心上。不久就有人给他介绍了一个女友，这个女人不但长得漂亮，而且能说会道。相处一段时日吴青云觉得非常满意，便很快就和她办理了结婚手续。结婚后，等他再次出差回来的时候，那个女人却卷走了他的全部财产——不翼而飞了。面对这出乎意料的状况，他一下子就想到了自己的前妻和朋友，心想，你们诈骗我的财产不要紧，可不应该一再欺骗我的感情。恼羞成怒的他已经完全丧失了理智，当天就找到前妻，逼问出她找人“放鸽子”的事实。然后，又掏出事先准备好的刀子，向她捅去……

等他被抓到派出所之后，虽然对持刀行凶的事情供认不讳，但情绪却非常低落，谁承想中午趁看守打盹的时候又跳了楼。

“你可千万不能死啊，你死了我可就完蛋了，你要死也得等我们局长选举结束后再死啊。”坐在颠簸呼啸的救护车里，刘所长望着血肉模糊的吴青云，在心里暗暗地祷告着。

原来，精明强干的刘健民，自从部队转业进入派出所工作后，一路扶摇直上——从一个普通民警很快就被提拔到了所长的位置。最近公安局正竞选副局长，他也是候选的对象。

为了稳操胜券，家境并不殷实的他，在妻子李艳荷的鼓动下，竟然贷了五万元的款，拉关系走后门。就在事情即将水到渠成的时候，却节外生枝，这让他怎么不心急如焚呢。

“刘，刘所长，不要，不要救我，我真的不想活了，这个世界太阴暗……”

就在刘所长心潮起伏之际，经过临时急救偶尔清醒过来的吴青云，艰难地睁开了眼睛望着焦虑不安的刘所长，气若游丝地说。他说这话时神情痛楚凄绝，这让刘所长感受到了一种前所未有的悲哀和无奈。

“别说话，马上就到医院了，保持体力！”刘健民见他还活着，大喜过望地说。

同时心想，如果都因为世界阴暗就不活了，那么这个世上也就不会有几个人了。

没承想刘所长却高兴得太早了，等到了医院以后，严重摔伤的吴青云最终还是抢救无效，一命呜呼。

毫无疑问，这个意外的事故，就意味着断送了刘所长的大好前途。一个月以后，他也只能眼巴巴地看着别人坐上了公安局副局长的交椅。

副局长产生的那天晚上，李艳荷望着抑郁不乐的刘健民十分沮丧地说，唉！你说你咋就这么倒霉呢，白给你贷了五万元的款，这倒好，落得一个鸡飞蛋打。

“还啰唆个啥，都怪你出的馊主意，当初我就不同意。”

“我还不是为你好，狗咬吕洞宾！”

“用不着你对我好，败家娘儿们，以后我的事你少管，头发长见识短。”本来就窝了一肚子火的刘健民这会儿把气都撒给了媳妇……

“好啊，你这个没良心的竟敢骂我，我还不跟你过了呢，谁愿意和你这个穷鬼一起顶着贷款过日子呀？”李艳荷望着满脸铁青、两眼通红的刘所长十分委屈地说。

“不过拉倒，我一个人更清静。”刘建国依然怒火冲天地吼着。

“好，这话可是你说的，你可别后悔，明天我就到法院和你离婚！”

满腹怨气的李艳荷说完这话，穿上衣服拿起手提包，头也不回地摔门而去，只留下余怒未消的刘健民愕然地呆立在那里。

刘健民与李艳荷本来就是二婚，刘健民的前妻是在他当刑警的时候，嫌他整天办案不着家——耐不住独守空房的寂寞才离开他的。而李艳荷也只是看重他这个所长的地位，而且又有发展前途才嫁给他的。他们结婚以后，爱慕虚荣的李艳荷就经常怂恿他做一些趋炎附势、急功近利的事情，这不能不使性情耿直的刘健民对她暗生反感。

让刘健民万万没想到的是，几个月以后一直都不肯妥协的他，还真接到了李艳荷的离婚协议书。当刘健民毅然决然地在协议书上签完了字以后，又不禁想起了吴青云临死前所说的话，脸上渐渐地挤出一丝苦涩的笑容！

宠物不宠

“上当了，上当了，妈的，老子真上当了——”随着门锁的转动，刘彪突然破门而入，他一进门就大声地说，把我吓得立刻夹着尾巴蜷缩在了沙发后面。“你瞎咋呼个啥，什么上当了？”坐在沙发的正在看电视的张淑华狠狠地白了刘彪一眼，不满意地絮叨着。“我上了姓陈那小子的当了呗，原来他开的公司是他妈的一个皮包公司，我那十万元钱又打水漂儿了。”刘彪说完，把手中的文件包往茶几上一扔，就一屁股跌到了沙发上。“活该，谁让你当初不听我的劝，净冒傻气呢？”张淑华也斜着刘彪轻蔑地说。“说啥哪？臭娘儿们！我还不是想多挣点钱吗？”刘彪冲着张淑华一瞪眼睛，大声地吼着。“唉！真他妈的倒霉。”随即他又一拍脑门，叹了口气，一个高儿从沙发上蹦了起来，迅速地向厨房冲去。

躲在沙发后面的我已经预感他要做什么了，早已经吓得浑身战栗、魂不附体。

我是一只纯种的京巴狗，主人刘彪原本是一个很贫穷的农村孩子，五年前他靠饲养水獭发家致富后，就从农村跑到了城里，开了一家服装公司。怕城里人瞧不起，从此一向勤俭朴素的他就学着讲究了起来。为了讲排场，显阔绰，他竟然不顾老婆张淑华的反对，花了一万多元钱从狗市上把我买了回来。可他们两口子却都没有时间和耐心伺候我——刘彪除了应酬就是照顾生意。张淑华不是打麻将，就是看电视睡懒觉。

记得我到他家的第二天早晨，他们谁也不愿意起来带我出去方便，我实在憋不住，就拉在了他家的地板上。张淑华发现了以后，便劈头盖脸地打了我一顿。他们不但没有时间带我出去遛弯拉屎，而且也不精心喂我，我经常是饥一顿饱一顿的。最让我无法忍受的是，他们都不愿意给我洗澡。自从到了他们家以后，从前干净利索、精神抖擞的我，就变得戗毛戗刺、污秽不堪了。

一天，刘彪打来电话让张淑华给我洗洗澡，好带着我们出去应酬。张淑华放下电话，拧着眉头，看着我，极不情愿地说，哼！洗澡，又是洗澡，我自己都不愿意洗澡呢，还得给你洗澡。我被她看得有些发毛正想离开，却被她一把抓了起来。

“有了，宝贝，我把你放在洗衣机里洗澡，不是既干净又省事吗？嗯，这么好的主意也只有我这么聪明的人才能想得出来。”说着她便扭着肥胖的身躯，抱着我向洗衣机走去。

“以后啊，这洗衣机就是你的浴盆了，看你到了我家多享福，连洗澡设备都是现代化的。”她一边往洗衣机放水，还一边自鸣得意地说。

我不知道即将要发生什么事情，只是温顺地躺在她的怀里，看着她的一举一动。

很快我就被她按到了洗衣机里，随着洗衣机的飞速转动，我立刻被呛得晕头转向了起来。就这样，我便随着那冰冷的泡沫水，尽情地旋转着、跌宕着。那种前所未有的恐怖感和眩晕感，迫使我不得不发出一声声凄厉无比的嚎叫。可不管我如何哀号，张淑华却仍然无动于衷地站在那里看着我哧哧地笑——那神态比看耍猴的还要开心。

从那以后，我一脏了张淑华就把我放在洗衣机里洗澡；从那以后，我一听见放水声就浑身发抖、惊恐不安、狂吠不止。而农村出身的刘彪却有一个习惯——那就是每次回家后或者遇到什么紧张的事情时，他都会跑到厨房放开水龙头大灌凉水。自从在洗衣机里洗澡我落下了恐水症以后，每当他放水喝水的时候我就会狂吠不止。我的这种反常行为使他非常反感，为此也经常遭到他的毒打。

两周前的一天晚上，刘彪回来后就对张淑华说，“有位朋友给我介绍了一个姓陈的公司老板——是专门搞进口服装的。我想通过他从广州进一批牛仔裤卖，按理说应该是货到付款，可陈老板却说最近手头比较紧，资金周转不灵，让我先交十万元钱的货款。”“那可不行，万一他收到了款，不给货咋办？”张淑华一听就急了。“不会的，这个人我了解，我们还在一起喝过几次酒呢，人家有车有房的，出手相当阔绰，根本不像不讲信誉的人。”“啧啧，这人啥样从表面能看出来吗？你可真天真。”张淑华用手一戳刘彪的脑门，很不屑地说。“那你说咋办？”“你自己看着办！我懒得管你的闲事，我打了一天的牌累了，睡觉！”张淑华说着，一扭身蒙头便睡。

没承想事情果然让张淑华给言中了，刘彪真上当受骗了。上了当的刘彪从沙发中弹了起来以后，就直奔厨房打开水龙头，便一口接一口地灌起了凉水。一听到“哗哗”放水的声音，惊恐万状的我条件反射般地狂叫了起来，早已恼羞成怒的刘彪听到了我的狂吠立刻停止了喝水，瞪着一双潮红的眼睛向我冲了过来。把我吓得瑟瑟发抖，急忙夹着尾巴“嗷嗷”躲闪，可还没等我跑出多远，就被他一把抓了起来，高高地举在头顶，发疯般地摔到了地上……

深沉的爱

“子夜，快帮爹把针纫上。”

“哎!”

夜深了，窗外不断地传来蛐蛐的吟唱，还有风吹树叶的沙沙响。灯光下那些升腾旋转的棉绒，伴随爹那粗重的喘息声不时地侵扰着我的视线和思绪，使我在纷乱起伏的思潮中不止一次地遗失。爹坐在炕头上眯缝着眼睛，用一只手捻了一下线头然后借着昏暗的灯光，拿着线往针眼里触，触一下没纫上，便把双手抬高些再触，反复几次都失败了后，他终于放弃了。于是，就喊了一声正在一旁学习的我，我忙走过去接过爹手里的针线很轻松地就纫上了。

“你说这人还没有老呢？眼怎么就花了呢？唉!”

爹深深地叹了口气接过针，继续艰难地绗着铺在炕上的棉裤。

“看不见了就别做了爹，明天再做吧。”

“白天还要下地，不晚上做怎的?”

“冬天还早呢，您干吗这么早就给我做棉裤?”

“你马上就要开学了，我想让你带走。再说过些日子就秋收了，哪有时间捅咕这。”

“前两天我李婶不是给我做了一条吗？您怎么还做?”

“那条是厚的，到城里读书不比咱乡下，城里人吃穿讲究，爹再给你做条薄的，别让人笑话。”不知道为什么，望着还不到四十岁的爹的那张具有五十岁沧桑的脸，我不禁一阵心酸，坐回桌前可再也学不进去了。

“爹，我想问你一件事行不?”

“啥事?”

“娘死得那么早，您为什么就不给我寻个后娘呢？李婶对我们一直都很好，我知道她很喜欢爹，我马上就要离开您了，您一个人多冷清，不如你们就……”

“哎哟!”我的话刚说了一半爹的手就被针给扎着了，他忙把大拇指伸到嘴里吸溜了一下。看了我一眼，又把屁股向灯光底下蹭了蹭，一边继续做着活一边对我说：“你走了我就一个人过，你李婶好是好，可爹的心里除了你娘就再也装不下别的女人了。”

“爹，娘到底是怎么死的?”

“怎么死的？还不是因为生你死的？你也不小了，既然你今天问了，我就跟你讲讲。”

原来娘生我的时候正赶上大年三十的晚上。那天，我娘忙活了一天，刚包完过年的饺子，就开始嚷嚷肚子痛。生我的时候是难产，我娘疼得“嗷嗷”地叫唤了几个小时，也没有把我生下来，急得接生婆在屋里直打转，最后只好让我爹快想办法把娘送到县里的医院。可是娘却怕去大医院花的钱太多，抓着我爹的手硬是不让他去。等爹好不容易挣脱了她的手，出去借了一辆马车赶回来的时候我已经生下来了，而娘却流血不止。当爹把娘抱上马车的时候她已经奄奄一息了，娘临终前说的最后一句话就是让爹好好地把我带大，将来做个有出息的人。爹搂着娘那渐渐冷却的身体大声地叫着娘的名字，直哭得天昏地暗，直哭得肝肠寸断。

爹说到了这里，放下手里的针线，用袖子擦了一把红红的眼睛，然后又继续用那双粗糙而笨拙的手一针一线地绗着棉裤。我也泣不成声了。不知道为什么，他每捅一针我的心里就跟着刺痛一次。他手中的针仿佛不是扎在棉裤上，而是扎在了我的心上。沉默了好久他又说：

“说来也巧，生你的时候正好是子夜时分。我永远也忘不了当时，那震得人心碎的炮声和你那揪心的啼哭声，还有你娘在爆竹光之中不断闪现的那张惨白的脸。现在你明白我为什么给你起‘子夜’这个名字了吧?”我轻轻地点了点头，仿佛是在听一个古老的神话，真不愿意相信它就是我的亲身经历。

“我和你娘从小一起长大，可她嫁给我以后没有过上一天好日子，就——唉！我知道今生今世，我们的心里除了对方谁也装不下。即使她一个人活着，也会独自把你拉扯大。”

现在我才明白，为什么每年除夕的夜里吃饺子的时候，爹总是郑重其事地给娘摆上一碗饺子，放上一双筷子。然后，每吃一口都会念叨着娘的名字说：

“秀芬，快趁热吃吧。”

“秀芬，今年的饺子真香，多吃点。”

“秀芬……”

“子夜，来再帮爹把针纫上。”爹的呼唤打破了我的沉思。

“爹，都这么晚了就别做了。”我无比心痛地劝着爹。

“还有一点，爹把它绗完马上睡，你若是困了你就先睡。”我拗不过爹只好先躺下了。

夜已经很深了，我半眯着双眼，不时地偷窥着爹在做针线活儿时候的那些笨拙而滑稽的动作却无论如何也无法入睡。不知过了多久爹才放下手中的活计，如释重负般地瞭了我一眼。然后顺手拿起了娘留下来的那个枕头，紧紧地搂在了怀里，喃喃地说道：

“秀芬，咱子夜出息了，如今已经考上重点高中，等过几年他考上大学有了工作我就去那边陪你，再也不让你一个人孤零零地过日子。”说完他又用脸无限深情地在枕头上贴了一下，便拉灭了灯……

我一动不动地躺在那里，任凭眼泪扑簌簌地落下。心想：爹、娘，子夜一定会有出息的，你们就放心吧！

大头娃娃

市 民

惊骇，从未有过的惊骇。我第一眼看见那个大大的头和那极不和谐的五官时，就以为是看到了外星来客。我分不清他是睡着还是醒着。他那两只小小的耳朵长在大大的头上，严重的比例失调。短小而瘦弱的身子，包在一条脏兮兮的破被单里，裸露出来的一只小手在空中无意识地舞……

在那个热闹繁华的街道旁，大头娃娃被放在一个广告牌下，躺在一个破旧的婴儿车里。他那巨大的头和苍白的脸，在阳光下显得格外刺眼。车前面放着一个装零钱的破碗，旁边坐着一个破衣烂衫、蓬头垢面的老乞丐。在人们惊恐而怜悯的目光中，大头娃娃的小手在无助地舞着，仿佛诉说着一种生命的悲哀和无奈。

我不敢正视这一另类的生命，仿佛置身于蜃境——有一种如梦如幻的不真实感。那些惊恐的目光在大头娃娃不断挥舞的手中逐渐地增多，破碗里的钱也在老乞丐惊喜的目光中逐渐地增多。我下意识地掏出兜里所有的零钱，迅速地扔到碗里。然后，就在老乞丐的点头致谢中仓皇地离去。

老乞丐

我是在医院附近捡到的他，当我第一眼看到他的时候，我就知道这是一个因畸形而被扔掉的弃婴。他不会哭，也不会动，黑暗中我被他绊了一跤。借着路灯的微光，我看到他的巨头和大脸特别瘆人。我仗着胆子，摸了摸他的身体还有热度。出于好奇，我就蜷缩在离他不远的一个广告牌后睡了。天亮了以后我发现有许多人都围着他看，那些目光中除了惊恐还有许多怜悯和同情。我灵机一动，心想我何不利用这个可怜的畸形儿来乞讨挣钱呢。于是，我便收养了他，把他放在一个捡来的破婴儿车里，用剩粥剩汤喂他。有了他在我身旁，我的乞讨额果然与日俱增。从那以后我不但可以隔三差五地到饭馆里改善改善，而且还有了不少的积蓄。很可惜，他只跟了我五年就在我午睡的时候被人偷走了。失去他以后我的生活就变得愈来愈悲惨了，说心里话我还真的很想他。

青年乞丐

当我第一次看到大头娃娃和老乞丐时，就对他们的乞讨方式充满了好奇，他们的收入也令我望尘莫及。种种迹象表明，大头娃娃和老乞丐并没有一点血缘关系，他也只是老乞丐的挣钱工具而已。既然他能给老乞丐做挣钱的工具，为什么就不能给我做挣钱的工具呢？于是，我便趁老乞丐午睡的时候偷走了大头娃娃。怕老乞丐找到我们，我就带着他辗转到了另一个城市。

自从有了大头娃娃以后，我的日子过得果然一天比一天滋润了。他不但能帮我挣钱，而且还能替我解闷。我经常把他像皮球一样抛到空中，看着他陡然瞪大的小眼睛，和那些与他的巨头极不相配的四肢，像水中的八爪鱼在空中张牙舞爪的样子，开心地笑。在他那惊恐的目光中，我得到了前所未有的愉悦和满足。

可我万万没想到他竟是个短命鬼。那天收工后，我把他放在了饭馆的外面，进去喝酒的时候，却突然下起了瓢泼大雨。当时我吃得正香，喝得正酣，早就把他忘到脑后。等我吃饱喝足了出来一看，他早已被淋成了落汤鸡。当时我并没在意，只是把他推回了我经常栖息的桥洞子里，给他换了块干爽的破被单。谁承想他当天晚上就断了气，从那以后我就失去了这个挣钱的工具。

大头娃娃

从我有意识的那天起，就饱受世人惊恐厌恶的目光。这些目光中抑或还有我渴盼、乞求的一丝同情和怜悯。是的，我渴望和乞求这丝同情和怜悯。因为，自从我来到这个世上，就没有得到过别人的同情和关爱。

我不知道我的父母是谁；也不知道我为什么会来到这个世上；更不知道上帝为什么会让我这种另类的人儿诞生。作为一个没有尊严的“怪物”，我只能在人们惊骇和悲悯的目光中苟活。

老乞丐从来就没有喜欢过我，我只是他捡来的垃圾和挣钱的工具，就在他的残羹剩饭中维持着可怜的生命。许许多多的时候，他似乎已经忘记了我还是生命，还需要食物。我就在这种风餐露宿中与他一起流浪在街头，过着一种备受歧视的另类人生。

我被青年乞丐偷走以后，他待我更是猪狗不如。他一边利用我挣钱，一边把我当成玩物。我经常被他像皮球一样，高高地抛到空中再接到手里。直到把我折腾得头昏脑胀、四肢无力。我就在他的哈哈大笑中苟延残喘着。我被那场大雨淋病了以后，脑袋就变得更痛更大了。在那个比地球还大的脑袋愈来愈热、愈来愈痛、愈来愈胀的同时，我便渐渐地失去了意识。在我生命即将结束那一刻，我不禁悲哀地想，同样是生命为什么我的就这么卑微可怜呢?

醉生梦死

等我拿着行李踏上回家的列车时，才彻底地痛恨起曾经泡在网吧和演艺吧里那些醉生梦死的日子。

我出生在农村，家里一贫如洗。父母是在面朝黄土背朝天的日子里把我拉扯大的。说起来我还算争气，十八岁那年我考上了省城的大学，是我们村里唯一的大学生。为了供我上学，父母都愁白了头，累弯了腰。

可等我上了大学，就不像从前那样好学上进了。我已经厌倦了学校里枯燥乏味的学习生活，也由衷地羡慕城里同学的阔绰和优越，还经常和他们结伴，到网吧上网，到演艺吧追星。今年春天又和同学苏绮谈上了恋爱。

这天晚上，我和苏绮在演艺吧里看完节目，一走出来，就看见穿得破衣烂衫的爹，抄着手，佝偻着身子，哆哆嗦嗦地从大门后闪了出来冲着我喊：“小君，小君，我等你半天了，我给你送生活费来了。”见到我，爹就像见到阳光般，兴奋地扑上来，一把就拽住了我的胳膊。

爹今天进城是给我送生活费的。等到了这里，天已经黑了。到学校一打听，我的同学说我到这儿来了。本来他想请同学把钱转交给我的，可是没见到儿子，他又不甘心。于是，就东穿西撞，一路打听，找到了这里。他想进来找我，却被演艺吧的保安给拦住了，说没票就不让进。爹无奈，只好站在门外等。

天越来越黑，越来越冷，爹的肚子也饿得咕噜咕噜地叫个不停。此时，他真后悔来之前，没给我打个电话。说到底，还是舍不得打。我有手机，可他却没有，他也只能在外面傻等。寒冷的北风，吹得他不停地打着冷战，昏暗的灯光下，他已经蜷缩成了一团。

不知过了多久，就在他几乎失去意识的时候，演艺吧的大门才忽然洞开。

从里面，有说有笑地走出了一群男女。爹的身子一颤，立刻就清醒了过来。他忙从地上腾身而起，挪动着麻木的双腿，慢吞吞地向门口凑去。一边往前凑，还一边用眼睛在人群中不停地寻找。

看见了，他看见了，还没等他凑到门前，就看见我笑容满面地挽着苏琦，从里面走了出来。

我看见爹先是一惊，继而脸上掠过一丝欣喜的表情，但很快就沉下脸。十分冷漠地说，“你？……你是谁啊？我怎么不认识你啊？你认错人了吧？”

“唉？你这孩子，我是你爹啊，你怎么连你爹都不认识了呢？”我的冷漠竟把爹给弄蒙了，便使劲地抓住我的手，紧盯着我的脸茫然不解地问。

“对不起，你认错人了，我根本就不认识你。”

“快走啊，怪冷的。”这时，苏琦也在身旁，撅着小嘴不高兴地喊道。

见苏琦不高兴了，我二话没说，甩开爹的手就挽着她走了。

气得爹站在刺骨的寒风中直跺脚。他怎么也弄不明白，我为什么会连他也不认识了呢？

人渐渐地散了。夜，又回复了沉寂。只有凄厉的北风还在尽情地肆虐着。我爹打着寒战，漫无目的地在黑夜里走着，就觉得刚才发生的事像梦一样。

“爹，爹，你才走到这儿啊？你来看我，怎么也不先打个电话呢？”

等我打的把苏琦和同学们送回了学校，便又返回来找到了爹。

“小兔崽子，刚才你咋不认识我了呢?！这会儿又跑来做啥？”

“刚才那么多同学，你穿得又这么寒酸，我怕他们笑话我。”

“啊？原来你小子是嫌老子给你丢人了？你这个没良心的，我穿得破，穿得破就不是你爹啦？”

“是，当然是，爹你别生气，我下次再也不敢了，你快把生活费给我吧，”我早就没钱花了。见爹真的生气了，我扯着他的手，撒娇似的说。

“喏，就这些，你可省着点花呀，今年收成不好，家里给你攒点钱可不容易……”爹从怀里摸索了半天，才掏出一卷钱，颤巍巍地递给了我。

“天呀，就这么点，还不够我半个月花的呢，你们再供不起，这学我可没法上了。”借着路灯微弱的光，我看了看那几张皱巴巴的钱，不高兴地说。

“别胡咧咧，你只管给我好生读书，钱的事我回去再想办法。你先回去吧，今晚我到车站打个盹，明天一早就回去。”爹说完推了我一把，就头也不回地走了。

“大老远的，进城一趟就送来这么几个钱，还不够丢人的呢。”望着爹远去的背影，我不满意地嘟囔着。

爹送来的钱虽然不多，但也足够我潇洒一阵子了。第二天，我就又带着苏琦到靓妹演艺吧看表演。

中间我去卫生间，回来的时候，就见有个男的，正坐在我的座位上，和苏琦闲聊。两个人坐得很近，也聊得很开心，我已经到了跟前，他们也没发现。“让开，我来了，你没看见啊？”这使我不由得醋意大发，便冲着那个男孩大声地吼道。

“我的眼睛是看人的，又不是听狗叫的。”那个男的见我如此无礼，便一梗脖，不服气说。

“好啊，王八蛋！你竟敢骂人！”我见他出言不逊，就劈头盖脸地给了他一拳。由于对方毫无防范，竟一下就被我打晕了过去……

就这样，我在演艺吧中打架斗殴的事，很快就惊动了警方，也惊动了学校。不久，我也被开除了学籍……

追逐阳光

一阵秋风吹过，太阳从一片薄薄的云层里露出了灿烂的笑脸。楚楚心中窃喜，不由得加快了脚步。“救命啊——不好了——有人落水了——”楚楚拿着矿泉水刚走近湖边，就听到有人高喊。她吃了一惊，急忙向丈夫丘旭刚才坐着的地方望去，哪儿还有他的影子。她意识到了事情不妙，便拖着两条软绵绵的腿，不顾一切地往那儿跑。

等她跑到丈夫消失的地方，就看见湖边的湿地上明显地留下两行轮椅轧过的痕迹，车轮的痕迹一直延伸到湖里。湖面上风平浪静，波澜不惊。

“丘旭——”楚楚望着湖水，发出一声撕心裂肺的呼喊，便昏死过去。

楚楚醒后，发现周围聚集了很多人。已经有人跳进湖里去救人了。

据目击者说，她刚才往这儿走的时候，就看见那个坐轮椅的男人眼睛望着湖水，嘴里含混不清地喊着：“太阳——太阳——”他的身子使劲往前一倾，轮椅就向湖中滚了下去，她想跑过去阻挡已经来不及了。于是，就发出了呼救。

等湖管会的人员把丘旭的尸体打捞上来的时候，他的皮肤已经有些发白了。

“丘旭，你好狠心啊！你为什么不等我回来一起看太阳？你为什么要自己去看太阳——”

楚楚抱着丈夫的尸体，念叨着，哭得昏天黑地。

楚楚和丘旭都是工人，一家三口一直住在丘旭单位十年前分的一套两室一厅的家属楼里。她家住在一楼，刚入住的时候，采光条件还算可以。入住的第三年，前面又盖起了一栋住宅楼。这栋楼盖起来以后，他们家就很难再看到阳光了。

没有阳光，屋里阴冷不说，就连洗完的衣服都不爱干。他们虽然也有过换楼的想法，但由于经济不允许，就打消了念头。因为家里看不到阳光，享受不到阳光的沐浴，每逢节假日，丘旭就拉着楚楚到户外散步晒太阳。夫妻俩商定：等经济条件允许了，一定要换套能见到阳光的房子。

就在他们满怀憧憬的时候，丘旭却在一场意外的车祸中变成一个生活不能自理的植物人。

为了照顾丈夫，楚楚只好辞了工作，在家里靠编织毛衣维持生计。

丘旭瘫痪以后，楚楚知道他喜欢阳光，便经常推着他到公园、湖边去晒太阳。丘旭每次见到阳光，眼里都会泛起异样的光芒。如果几天不见太阳，他的眼睛就会变得空洞迷茫。他虽然不能说话，可楚楚却能读懂他的心思，明白他是多么渴望拥有阳光的日子。其实，她最希望的还是自己能够拥有一套阳光充足的住房，那样既可以让丈夫在家里享受日光浴，也不耽误自己编织毛衣。可是丈夫出事后，她的这个愿望就更成了奢望。

丘旭落水之前，正好赶上连雨天。淅淅沥沥的秋雨缠绵了数日，天才有些放晴。在那些不见阳光的日子里，丘旭的眼睛变得愈加幽暗空洞了。楚楚的心也在丈夫那空洞的目光中隐隐作痛。

那天，天终于转晴，尽管太阳还躲在厚厚的云层里。楚楚就推着丈夫迫不及待地向湖边走去。她边走边说："走喽，丘旭，咱去看太阳，晒太阳喽。"自从丘旭成了植物人以后，她就经常这样和他说话，虽然永远也得不到他的回答，但她却自得其乐。

楚楚推着丈夫沿着湖边转了一会儿，见天上的太阳还是羞羞答答地不肯出来，她便坐在湖边等。就在这时，楚楚想起刚才走得匆忙，忘记给丈夫带水了。便对丘旭说："你坐在这儿乖乖地等太阳，我去给你买瓶水喝。"

楚楚说完，转身就去买水，等她买了水刚返回来，就看见太阳已经破云而出。一缕久违的阳光灿烂了眼前所有的景致。那一刻，她仿佛已经看见了丈夫眼中惊喜的光芒。她不禁一阵欣喜，便不由得加快了脚步。可她还没走到湖边，就听见有人落水的喊声。

丘旭永远地离开了楚楚。

办完了丧事，楚楚就变卖了旧居，带着丘旭的遗像在郊外租住了两间阳光充足的平房，她要让丘旭天天都能见到太阳。

黄土高坡

那一夜，这父子俩说了一宿的悄悄话。第二天早晨又偎依在一起，唱起了那首《黄土高坡》………

——题记

小虎倚着牢房的门，呆呆地望着外面的高墙，两眼空洞、迷茫。窗外秋风飒飒，大雁成行，黄昏中的天津城显得格外的萧瑟苍凉。

“我家住在黄土高坡，大风从坡上刮过，不管是西北风还是东南风，都是我的歌我的歌……”

他唱得很深情、很投入，他的声音低沉忧伤——给人一种凄切哀婉、荡气回肠的感觉。

“号、号、号，整一首破歌成天地号，号丧啊?！烦不烦，又找抽了，是不是?”正在他唱得入神之际，“狱霸”张黑虎忽然大吼一声，把小虎吓得一激灵，歌声戛然而止。还没等他来得及躲闪，张黑虎已然蹿到了他的近前，揪住他的衣领，就是一阵拳打脚踢。小虎虽然挨了打，却紧咬着牙，一声不发。他梗着脖，两眼喷着怒火，死死地瞪着张黑虎，像要把他吞了似的。

“好小子，你还不服气是吧？来人啊，给我狠狠地打，谁不打，今晚我就请他‘喝茶’。”同狱的人都知道，张黑虎的“茶”其实就是他的尿。他仗着自己人高马大，恃强凌弱，叫整个牢房的人都得服从他。谁若不服，他就请谁“喝茶”。

小虎才来了不到两个星期，张黑虎就请他喝了三次“茶”了——每次都是因为他唱这首《黄土高坡》。他总是趁夜深人静的时候请人“喝茶”——把人从睡梦中滋醒。你别说，他这种下三烂的办法还真管用，整个牢房的犯人没有不怕他的，都甘愿听从他的指令。

这会儿他一声令下，十几个犯人呼啦啦地全都围了过来。于是，一顿暴风骤雨般的拳脚，就向小虎劈头盖脸地砸了过来……

小虎正要呼救，就听见有人大喊，“不好了，警官来了，快睡觉……”

听到喊声，牢房里顿时安静了下来，大伙儿都轻手蹑脚地爬到了自己的床铺上。警官在门外来回走了两趟，发现没有异样就离开了。

“妈的，臭小子，今天便宜你了，老子累了，睡觉，以后再跟我叫板，小心你的狗头！”警官走了以后，张黑虎又余怒未消地说。

夜，静悄悄的，小龙躺在床上，强忍着浑身的伤痛，紧紧地盯着天花板，两行热泪无声地滑落了下来……

那天晚上，小龙睡得正香，竟忽然被一股又臊又臭的热浪激醒。他睁眼一看，就见张黑虎，正站在他的头上冲他滋尿。

气得小龙立刻腾身而起，一把将他推倒在地，厉声地骂道，“好啊，你个臭流氓，你再滋我我就跟你没完。”喊罢，他就跳下了床，脱下被尿水浸湿的内衣，赤身裸体地向他扑去……

“住手！你，你先住手，好好好，老子再也不敢了，再也不敢了……”没承想，小龙刚举起拳头，张黑虎就连连告饶。以前，他不是凭着自己一身的蛮力，把小龙打得服服帖帖，就是一声令下，让别的狱友都来收拾他。而今天他却判若两人——他不但不打小龙，而且还紧紧地盯着小龙胸前的那大片伤疤求饶。

“别打了，快告诉我你那块伤疤哪来的？”正当小龙不知如何是好之际，张黑虎竟心平气和地问。

“我从小就有，是奶奶给我喂饭的时候不小心烫的……”

“你奶奶？你奶奶还在吗？”

“我不知道！”

“那你爸爸妈妈哪？”

“不知道！”

“你这也不知道，那也不知道，那你是石头缝里蹦出来的啊？”有个狱友在一旁说。

“我四岁的时候就被人贩子给拐卖了，我当然不知道。”

“啊？快说，那你家住在什么地方，你还记得不？”

“不记得了，只记得俺小时候住的是窑洞……”

“那，那你是怎么到这里来的？”

“我被人贩子卖到新家了，新爸爸、新妈妈起初还对我不错，后来他们就经常打架，我十岁那年他们就离了婚。离婚后，他们谁也不愿意要我，就把我寄养到了新奶奶家里，新奶奶死了以后，没人管我，我就到处流浪，后来和社会上一些地痞流氓混在一起，在一次入室抢劫时被抓了进来……”

“那你还记得你小时候姓啥吗？”

“不记得了，我从小就戴着个长命锁，估计是父母给我的，我一直戴着它，进监狱的时候被他们没收了。”

“你那长命锁上写着什么啊？”

“写着长命百岁，张根宝，1983 年 5 月 6 日生。”

“天呀，你是我的儿子，你真是我的儿子……那个长命锁就是你出生的时候，你奶奶让我给你打的……我都找了你十五年啦，孩子，你让我找得好苦啊！”

“真的吗？那你怎么也跑到这里来了？”

“唉！一言难尽啊，这还不都是为了找你吗……”张黑虎说完这话，顿时泪如雨下……

那以后，再没有人阻挡小龙唱《黄土高坡》这首歌。

谁最干净

我是一个黑暗的精灵，黄昏是我的黎明，阴沟是我的故乡，暗夜是我的天堂。一个月前，我出生在一个龌龊、腥臭的池塘。我在垃圾箱里睡觉，在臭水沟里冲凉。我吸的是乞丐倒卧的血，呼吸的是臭气与尘埃。作为蚊子，我每天都在追腥逐臭中，挥霍着我的青春。

有一天，当我吸完了一个倒卧者的血以后，看着他那蓬头垢面、污秽不堪的样子，我竟突然觉得自己很肮脏——和他一样的肮脏。于是，我就忍不住地问飞在身后的妈妈。

“我们为什么只吸这些穷人、脏人的血，就不能吸一些富人和干净人的血呢？”

“傻孩子，其实谁的血都一样，人有高低贵贱之分，而血却没有。依我看，那些富人的血还没有这些穷人的干净呢。”

“为什么这么说呢？你吸过他们的血吗？”

“当然吸过，不信你吸吸就知道了。如果你非得吸富人的血，就得到繁华热闹的地方。”

“哦，那你能带我去一次吗？”

“好，今天我就带你去见识见识，跟我来吧。”

妈妈说完，就穿过那些阴暗的街道，带着我向一片灯火辉煌的地方飞去。

我们飞到一座高楼大厦前，在一扇流光溢彩的大玻璃门前停下了。

妈妈说，这个地方叫演艺吧，是富人们吃喝玩乐的地方。等他们开门，我们就可以进去了。

就在这时，演艺吧的大门开了，许多穿着考究的男女都陆续走进去，我们也乘虚而入。

我一进去，眼前就豁然一亮。只见这里张灯结彩，锣鼓喧天，歌舞升平。女人们浓妆艳抹，男人们西装革履。他们都成群结队地坐在一起，或推杯换盏，或窃窃私语，或手舞足蹈地欣赏着台上的节目。

“怎么样？这个地方干净吧？”妈妈见我目不暇接的样子，便问。

“干净，太干净了，干净得让我有点害怕！”

“你不是想吸干净人的血吗？这回就随你的便了。不过，一定要注意安全，富人的脾气都很大哩。”

妈妈叮嘱完我，便自顾自地飞走了。

我也迫不及待地向一个桌子飞去，那张桌子前，坐着一个中年男子，和一个二十几岁、打扮得艳丽迷人的女人。

“今天是我女儿的生日，我都没在家陪她们吃饭，特意来陪你看表演，你怎么还不高兴呢？”男人紧盯着女人的脸说。

“高兴，高兴个屁，我让你办的事，你办了吗？”

“什么事？”

“装什么蒜？离婚呀！”

“这，这个不好办啊，她绝对不会答应的，我看还是再等等吧。”

“还等？我都有了，再等，我就把孩子生下来，送到你家去算了！”

女人说完，就撅着猩红的小嘴，站了起来，一扭屁股就走了。只留下那个男人，傻愣愣地坐在那里。

我趁机就悄悄地在他的耳朵后，狠狠地叮了一口。心想，再让你花心，我咬死你！就在我吸得酣畅淋漓之时，他竟用手一拍桌子，起身也走了。把我吓了一哆嗦，急忙向另外一个桌子飞去。

这个桌子坐着一对十分亲昵的男女，男的二十出头，女人四十左右。他们坐在一起，一会儿耳鬓厮磨，一会儿窃窃私语。弄得我都没有机会下口，我正欲离去，却见那个男的忽然起来转身走了。我一阵窃喜，心想机会来了。于是，我就悄悄地向那个女人的肩膀叮去。就在这时，忽然听到她的手机响了，只见她掏出包里的手机说，“喂，是你呀，志远，亲爱的，你听我说，今天我妈妈过生日，我没敢跟你说，还不是怕你破费吗……没有，没有，谁养小白脸了，你别瞎想，我现在心里只有你……好了，好了，不说了，我妈妈叫我了……再见，亲爱的……”正说着就见刚才那个男的已经回来了，她便急忙挂了电话……这时候，她似乎也觉得我在吸她的血，就用手向自己的肩头猛地拍了下来，我大吃一惊，急忙闪开又向另外一个桌子飞去。

这个桌子前，坐着两个十分妖艳的女子，她们边吸烟，边对饮，边看节目，边闲聊。那样子，就像一对不分彼此的闺中密友。

这两个女人一定非常干净，我还是吸她们的血吧。于是，我就向那个比较高大的女人叮去。这时候，就听见那个娇小一点的女人说：“我给你的钱，你都花光了？”

“嗯，已经所剩无几了。我正愁呢，花完了这些咋办？”

“唉！没想到这种病这么顽固，幸亏我没被你传染。”

“你也别高兴得太早了，我在网上查了，艾滋病的潜伏期是7—10年呢。”

我听到这里，吓了一跳，赶紧停止吸她的血。正欲飞离此地，又听见那个女人说，“行了，你也别吓唬我，大不了咱们一起死。这种人不人鬼不鬼的日子，我早就活够了。”

“别那么悲观好吗？人妖也是人，开心点吧，宝贝，好了，该咱们上场表演了，走吧，高兴点！”那个高大一点的女人说完便站了起来，拉起另外一个女人就走。看见她们挺胸流盼地向台上走去，我懊悔不迭地想，看来妈妈说得对，他们还真没有街头那些倒卧者干净呢！

踩踏事件

今天是情人林媚儿的生日，为了讨她的欢心，庞局长一大早就拨通了她的电话，“喂，宝贝，生日快乐，一会儿我去接你，带你逛商场。你想买啥就买啥，只要你高兴……”

“好的，谢谢你，亲爱的，你真好，我等你，你可要快点来哟。”还没等他说完话，电话里就传来一个娇滴滴的声音。短短的几句话，把个庞局长迷得心都醉了，骨头也酥了。他不得不承认，自己如今已经被这个人间尤物弄得有些神魂颠倒。于是，放下电话，他就立马穿戴整齐，跟秘书打了一个招呼，便开车直奔林媚儿的单位驶去。

庞局长走的这条路，正好经过他的父母家。路上，庞局长心想，已经有好几个月没去看望父母了，今天路过这儿，就顺便去看看他们吧。

这么想着，他便驾车驶进了父母的那个住宅小区。

等他到了家门口敲了半天的门，里面却毫无反应。于是，他就掏出手机拨打家里的电话。电话铃响了，他站在门口都听到了，但就是没人接。庞局长无奈，只要又拨通的父亲的手机，可是父亲的手机也没人接听。他很纳闷，心想，这老两口去哪儿溜达了，怎么连电话都听不到呢。妈妈没有手机，又怕林媚儿着急，他只好转身离去。

路上，他不放心，又拨了几次父亲的电话，还是没人接。

接了林媚儿，庞局长就按照她的意思，先带着她到商场买了一个价格不菲的钻戒，又买一些高档时装。然后，又带着她直奔市里最豪华的酒店——准备在那儿给林媚儿好好庆祝一下生日。

当他们路过一家超市的时候，就见那家超市的门口黑压压地围了一群的人。就像抢财宝似的，那些争先恐后、你追我赶、前呼后拥的人们，已经里三层外三层的，把整个超市和那条路堵得水泄不通，还有许多交警和保安在维持秩序。超市的门前还挂着一幅醒目的标语，上面写着：限量大酬宾——很显然这家超市在搞促销活动。

坐在车里的林媚儿见此情景，一边用手把玩着刚买的那枚钻戒，一边撇着小嘴说："老庞，你瞧瞧，你瞧这些人简直是穷疯了，为了省几个钱，到这里乱挤，万一挤个好歹的咋办？真是要钱不要命啊！"

"唉！这些穷鬼，哪有你这么有见识有素质啊，如果有，他们就不会受穷了。"

"说得也是，不过这也太影响交通了吧，他们都堵在这儿咱怎么过啊？有等他们的工夫，咱还不如绕道走呢。"林媚儿望着外面人潮如涌的街道，拧着秀眉，有些不耐烦地说。

"好的，宝贝，今天是你的生日，一切都听你的，只要你高兴，别说让我绕道，就是让我从这些穷鬼的身上轧过去都行。"

"去你的，少贫嘴，快走吧，逛了一上午，这会儿我都饿了。"听了庞局长的话，林媚儿不禁"扑哧"一笑，娇嗔地说道。

无奈，庞局长只好又带着林媚儿绕道而行，来到了那家酒店。

到了酒店，他们刚点完东西，林媚儿就指着墙上的电视尖叫着说，"老庞，你快看，那家超市发生踩踏事故了，我说他们这么挤就没好事嘛。"

庞局长放下菜单一看，原来，电视里正在直播刚才那家超市发生踩踏事故的新闻——只见这会儿，那家超市的门前已经是人仰马翻，一片狼藉。那情景真是惊心动魄，惨不忍睹。

"媚儿，我现在越来越崇拜你了，你简直太有远见了，幸亏咱刚才没在那儿等，要不，这会儿咱还得在那儿和他们犯堵呢……"庞局长见此情景，便竖起大拇指，不断地夸赞林媚儿，把林媚儿美得俏脸都笑成了花。

就在这时，庞局长的手机骤然响起，他打开手机一看是父亲的号码，便急忙接听。电话里传来父亲沉重而沙哑的声音，"庞涛啊，不好了，刚才我和你妈妈在超市购物，发生了踩踏事故，你妈妈被人家踩伤了，命在旦夕，这会儿正在医院抢救，你快来吧……"庞局长的父亲说到这儿声音已经哽咽了。

"啊？原来你们也去那个超市啦……你们，你们，你说你们这是……嗨！"

庞局长听到这儿，脸色顿时变得煞白，他语无伦次地支吾了半天，禁不住发出一声悲叹，急忙收了线，转身就冲出了酒店……

隔墙有耳

一泡尿，把朱斌憋得是如坐针毡，也憋得他连连输钱。等他红头涨脸地从麻将馆跑出来，便一头扎进了附近的公共厕所——以一种排山倒海之势，急切地排泄着体内的洪水。

“喂——小倩，你还好吗……哦，宝贝，想死我啦？……嗯，那好，中午老地方见，什么？去你家？那你老公……出差了，不会突然杀回来吧？……”

就在朱斌排得酣畅淋漓之际，忽然听到隔壁厕所里有个男人在打电话。他便一边排洪，一遍仔细地聆听起来。

“好好好，就这样吧，中午见！”那个男人说完，又煞有介事地“吧嗒”了一下嘴——仿佛已经亲到朱斌宝贝似的那样的美。

被正在撒尿的朱斌听得一清二楚，他明白这位老哥是在和情人约会呢。心想，他一定以为在厕所里给情人打电话很保险，可却疏忽了隔墙有耳这件事。正想着，就听见隔壁关门的声音，朱斌明白那人要走了。好奇心驱使他突然想看看那个男人，于是，他便迅速地提上裤子系好腰带，推开门悄悄地跟了出去。

从背面看，男人中等身材，西装革履……还没等朱斌看到他的相貌，他已经走出了公厕。在他即将走出门口那一瞬间，还有意无意地回头瞟了一眼。这回朱斌看清楚了，男人长得是肥头大耳，红光满面。这一眼还把朱斌吓了一跳，好像做坏事的不是男人而是他似的。朱斌定了定神，突然觉得自己很可笑。即使看清楚人家是谁又有什么用呢，我又不能敲诈人家。当朱斌想到这里的时候，又突然觉得这的确是一个天上掉馅饼的好事儿。

“谁说我不能敲诈他？对，我就敲诈他，兴他风流潇洒，就不兴我敲诈他？哥们儿，对不起了，谁让我最近手头紧呢，谁让你和情人幽会让我听到了呢。”朱斌拿定了主意便加快了脚步跟了出去。

他出去的时候，那个男人已经打了的，钻了进去了。朱斌便急忙招手，也叫来了一辆出租车。上了车他就吩咐司机说：“快跟上前头那辆车，我多给你钱。”

司机会意便加大油门，紧盯着那辆车疾驰而去。男人的出租车，穿过几条大街很快就在电力局的门口停了下来，男人下了车就径直走了进去。这时，朱斌的出租车也到了，他也迅速地跳下了车，紧随其后，来到了电力局的大门口。

到了门前，朱斌并没有进去只是跟门卫点了点头，很礼貌地说："你好，请问刚才进去的那个男人是你们单位的吗？"

"是，当然是，他是我们单位的周副局长，请问你找他有事吗？"门卫很热情地说。

"哦，没事。对不起，我认错人了！"朱斌听了连忙打哈哈，然后又一转身便扬长而去。

朱斌离开以后，很快就通过查号台，查到了电力局周副局长的电话号码。于是，他就找了一个公用电话亭，拨通了他的电话。

"喂，周副局长吗？你还好吧？你的情人小倩也还好吧？……"

"喂，喂，你是谁？你怎么知道……"对方十分紧张地问。

"你别问我是谁！如果你不想让你的风流韵事被单位和你夫人知道的话，就在明天天黑之前，把十万元现金放到人民公园第一个假山石后门的那个垃圾筒里。"

"什么？十万元，我哪有那么多的钱？！"

"少废话，不许报警，否则后果自负！"朱斌捏着鼻子说完这几句话，便急忙放下电话迅速地离开了。

第二天下午，朱斌便早早地拿着鱼竿，来到了人民公园，坐在他说的那个假山石的附近，一边佯装钓鱼，一边静静地等待着大鱼的上钩。黄昏时分，周副局长果然来了。他今天穿了一件高领风衣，戴着一个大大的墨镜——打扮得活像个特务。他先在假山石附近来回转悠了几圈，边转悠边盯着那些来来往往的游人看，仿佛想在他们当中看出来谁是敲诈勒索他的人似的。最后他还是趁无人之际，把一个纸包迅速地塞到了垃圾桶里。这一切都被佯装钓鱼的朱斌看在了眼里。等他确定周副局长已经离开了以后，天一黑，他便迅速地来到了垃圾桶前，飞快地掏出那包钱，就匆匆地离开了。

这次敲诈的成功，让朱斌着实暗自庆幸了一阵子，也在赌场上如鱼得水地挥霍了一阵子。很快那十万元钱就被他挥霍殆尽，于是，他就故伎重施——又以相同的方式，向周副局长敲诈了十万元钱。等他把这些钱又扔进了赌场，再次拨通周副局长电话的时候，他的手机却成了空号。这使他十分恼火，他万万也没有想到周副局长竟跟他玩起了心眼。可他一打听，却听说周副局长已经被"双规"了，这会儿他也傻了眼。

好人难做

浓烟、热浪。当郝诚被浓烟、热浪呛醒的时候，就发现自己躺在一片烟火之中。他猛地挣扎了一下，企图摆脱这种灼伤和刺痛，可他的身子却被车门死死地卡着，动弹不得。他绝望地向周围看了一眼，就看到刚才搭他车进城的那几个人，正站在不远处惊愕地望着烟火中的自己。他一阵惊喜，忙向他们大声地喊："快救救我，我还活着……"可是他们好像根本就没听见似的，仍旧站着不动。而且有人还惊恐地往远处逃避，似乎担心车会爆炸。

他不甘心，艰难地举起一只血肉模糊的手，再次向他们发出近乎哀求般的呼救："救救我啊！快救救我——"这时，舅舅让他叫张大伯的那个男人，似乎已经动了恻隐之心。他好像跟其他几个人说了些什么，便在那几个人迟疑的神情中走了过来。

张大伯走到郝诚躺着的地方，怯怯地靠近了烈火中的他，飞快地伸出一只手，蜻蜓点水般地拽了他一下，就惊惧地躲开了火焰和热浪的冲击，连连地后退。

张大伯的出手非但没有把郝诚救出去，反而还加重了他的疼痛和痛苦。"别走！救救我，再救救我……"郝诚像抓住了救命的稻草那样，不停地招着手，苦苦地哀求。

郝诚本想张大伯还会出手，可他透过火光和烈焰，看到的却是一张惊恐和扭曲的脸。而且，这张脸很快就在郝诚那绝望的呼救声中，渐渐地远去、模糊、消失了……任凭郝诚的手在火舌中瑟瑟地发抖。

郝诚是家文具店的老板，因为善于经营，所以生意特红火。为了进货方便，他就学会了驾驶，买了一辆面包车。昨天晚上他刚到家就接到了妈妈的电话，她在电话里说："小诚啊，你舅妈病了，我本想去看看她，可妈这几天又犯腰疼病了。你有车，方便，就替我去看看她吧！”舅舅、舅妈没有儿子，所以特别喜欢郝诚，他每次去，他们都变着花样给他做好吃的。由于生意忙，他已经好久没去乡下看望二老了。所以，听了妈妈的话，郝诚就毫不犹豫地答应着：“好，妈，你放心，我一定去！”

放了电话，郝诚心想，我何不现在就去呐，在他家住一宿，明天一早赶回来——这样既不耽误生意，也看望了舅妈。于是便跟妻子打了个招呼，买了一些营养品，驾车直奔舅舅家。

舅舅、舅妈两位老人见他来了非常高兴，舅舅还亲自下厨给他做了一桌丰盛的晚餐。当他们听郝诚说明天一早就要回去的时候，虽然感到失望，但知道他要照顾生意，就没再挽留。

酒过三巡，舅舅忽然一拍脑门说：“我想起来了，你张大伯今天跟我说过，明天要进城，给你锁住哥置办结婚的东西，正好你明天回去，就给他捎个脚吧。”

娘亲舅大，既然舅舅这样说啦，郝诚就非常爽快地说：“好，没问题，吃了饭你就去通知一声吧。”一夜无话，没想到第二天早晨，郝诚告别舅舅、舅妈，就要返程的时候，张大伯却呼啦啦地带来了三四个人——都要搭他的车进城。

“舅，不就张大伯自己吗？怎么……”见一下来了这么多人，郝诚有些为难地说。

“哎！好人做到底，一只羊也是赶，两只羊也是放，乡里乡亲的，就捎着他们吧！反正你的车也能坐下。”郝诚虽然不太情愿，但也不好驳舅舅的面子，就只好顺水推舟。

就这样，郝诚便带着他们一行五人，迎着初升的阳光，向城里奔去。等翻过山坳行至一个拐弯处，就看到一辆马车，发疯般地冲着他的车头直冲了过来。郝诚一看情况不好急忙打方向盘，可已经来不及了。倏地他便在一种强烈的撞击和阵痛中昏迷了过去。等他醒来，才发现自己的汽车已经失火，人也被浓烟和烈焰包围了。

随着一阵沙尘的强烈冲击，郝诚再次苏醒。等他被消防队员从车门中拽出来的时候，一阵贯彻骨髓的剧痛使他再度昏厥过去，就在他的生命即将结束的那一刻，他在心里悲哀地想，舅舅，这就是您让我做好人的下场啊！

倒霉脑袋

“轰——”的一声，随着这一震耳欲聋的巨响，张捷的头盔也被掀上了天。伴着那股铺天盖地的热浪和一阵撕心裂肺的剧痛，张捷立即就失去了知觉。

张捷是名消防队员。有天晚上，他们睡得正酣，却被一阵刺耳的警铃给惊醒了——着火的是一家工厂。等他们急速赶到现场时，火情已经到了难以控制的局势。见此情景，中队长王鹏便立刻指挥队员紧急灭火，张捷接到命令就和战友们争先恐后地扑入火海。可他们刚刚投入战斗，就被锅炉的意外爆炸给逼出了火场。张捷也被锅炉爆炸时所产生的那股强大气流给掀飞了头盔，烫伤了脑袋，痛昏了过去。

等他醒了以后，就发现自己已经躺在医院的病床上。头上还缠着厚厚的纱布，头皮也有一种火烧火燎的灼痛感。他明白自己这是负伤了，只是不知道到底有多重。这时就见王队长走了过来，看着他十分关切地说：

“小张，你这次伤得很重，好好疗养吧……唉！都怪我当时没有看出险情。”

“没有……队长，您别自责了，也怪我自己的安全意识不够……其他战友还好吧？”

“他们也有不同程度的烧伤，只有你伤势最重……据医生说，你那些烫伤的头皮可能就再也不能长头发了，你一定要有……”

听到这话，张捷的脑袋嗡地一下就大了，几乎再次晕厥过去。因为这个事实对于年纪轻轻的他来说简直太残忍了，一个秃子谁还肯嫁啊!?

“张捷啊！张捷，你怎么就这么倒霉呢？……”张捷悲哀欲绝地想。队长还说了些什么，他已经听不清了，他强忍着泪水，木然地送走了队长以后，心中却暴风骤雨般地号啕了起来。

张捷小时候，有一回跟着父亲上山砍柴，不小心从牛车上掉了下来，摔得头破血流。那次他不仅摔成了脑震荡，头上还落下了一个很大的伤疤。打那以后，他的脑袋就变得没有以前那么聪明了。上学以后学习成绩也一直很差，无奈高考落榜后，他只好报名参了军。记得那次受伤的时候，哥哥就曾经戏谑地说，他是个倒霉脑袋，没想到今天他还真成了倒霉脑袋。

伤愈出院后，已经成了秃头的张捷就不得不戴上了假发。尽管战友们都很同情他，也没歧视过他。可他自己却总是感到猥琐自卑，人也变得非常颓废——做起事来也总是无精打采、恍恍惚惚的。中队长看出苗头后，便经常给他做思想工作，但也没什么效果。

有一次在训练升降器的时候，战友们从四楼抛齿轮，张捷却心不在焉地把脑袋伸出去看，就又被掉下来的齿轮砸到了。那个重重的齿轮，不但把他砸得晕头转向，也砸掉了他的头盔。头盔掉下以后，他的假发也随即飘到了楼下。阳光下，当他那个油光锃亮的秃头霍然间呈现在战友们的视野里的时候，把大家都笑弯了腰。幸亏他准备了两套假发，等狼狈不堪的他逃离了战友们的哄笑，回到寝室戴上了假发后，心情也变得特别糟糕。

那天晚上，恰巧有个下铺的战友回家探亲，闷闷不乐的张捷便躺在他的铺位上睡着了。没想到半夜里又突然响起了警铃，睡得迷迷瞪瞪的张捷听到了警铃，便立刻腾身而起，连看也不看，就习惯性地从右边往床下跳。可这次他却跳错了方向，因为他换了床。以前右面是地，可这回右面是墙。他一跳正好把脑袋重重地撞到了墙上，可情急之中他还是没有反应过来，又接二连三地往墙上撞去。在那阵咚咚咚的撞击声中，张捷的脑袋不仅撞起了好几个大包，而且假发也被撞得不知去向。哎哟哟，我的倒霉脑袋哟——气得他一边咧着嘴揉脑袋，一边骂。

张捷清醒过来以后，由于着急出警，也来不及找假发，便直接戴上头盔和战友们直奔火场。等到了火场，看着眼前那熊熊燃烧的烈火，他想，就我这倒霉脑袋，颓废也是倒霉，不颓废也是倒霉。反正都是倒霉，还不如振作起来呢。于是，在那场灭火战斗中他就表现得特别勇猛。还不顾自身安危在烟火弥漫的大楼中，救出了被烈火围困在室内的两位老人……

事后，总队根据张捷最近几次在灭火战斗中的英勇表现以及战友们的投票选举，授予他“红门先锋”的光荣称号，并荣立个人二等功一次。当地电视台也采访报道了他的英雄事迹。一时间，“倒霉脑袋”的光荣事迹也在消防队传为了佳话。

一天张捷突然接到一封信——信是一个女孩写的，信上说：……我是从电视上看到你，并了解你的英雄事迹的，我特别地敬佩你，如果你不介意，我们交个朋友好吗？……那一刻，张捷从镜子里望着自己的脑袋，美滋滋地想：哼！谁再说我“倒霉脑袋”，我和谁急！

无价情诗

男孩长得英俊潇洒，圆脸庞，深邃清澈的眼睛好像会说话。那时正值中午，超市里的人很多，他手里拿着手机，拨开攒动的顾客，一个接一个的柜台走过来，还不停地向柜台里的人们询问着，一副很焦急的样子，额头上也汗涔涔的。

等他走近我们这个柜台，姐姐就开玩笑似的问，“小陈，你着急慌忙地满世界乱窜，找什么？找美女呀？”

“刘姐，又拿我开涮，美女我是不想找了，俺在找情诗，这情诗比美女还难找呢。”

“啥？找情诗，没事闲得你，找那玩意儿干吗？”

“唉！别提了，我对象刚才给我发来了一首情诗，咱怎么着也得回一首吧。可我问了半天，满超市这么多人，就没有一个会的，你说郁闷不郁闷？”

“哦，原来是泡美女呀！快说说，啥情诗呀？看看我们这儿有会的不。”

“俺前几天不是跟对象刚见面吗，我刚才给她发了一个短信，问她啥时候再见，她什么也没说就回了两句情诗，是：‘两情若是久长时，又岂在朝朝暮暮。’我就想给她回那首‘相见时难别亦难，东风无力百花残……’可下两句我怎么也想不起来了，唉！真急人。”

“你小子算问着了，这不我妹妹今天正好来给我帮忙，她可是作家啊，你问她吧。”姐姐听了他的话，就十分自豪地指着我说。

“‘春蚕到死丝方尽，蜡炬成灰泪始干……’这是李商隐的诗，你还要后四句吗？”我十分轻松地回答道。

“对，就这两句，就这两句，你说俺咋就想不起来了呢……不，不用了，有这两句就够了，到底是作家啊，就是厉害，谢谢，谢谢你啦！”

“这小子，不知道在哪儿又泡了一个妞，这回好像认真了。”姐姐望着小陈千恩万谢后离去的身影笑着说。

姐姐是在这家超市卖糕点的，生意一直很火。这几天我正好到她家串门，闲来无事到这里给她帮忙，恰巧遇到这事。

见小陈高高兴兴地走了，我们又忙了起来，很快就把这件事淡忘了。

半年后的一天晚上，我正躺在床上看书，突然接到姐姐的电话。姐姐在电话里说，“小陈结婚了，刚才他带着新媳妇来看我，给我带来了不少礼物，还说让我好好谢谢你哪。他说，当初若不是你告诉他情诗，人家根本就不可能嫁他，那天她是在借那首情诗考验他哪，没想到还真让他答上来了，人家可是大学生啊，他一个超市的打工仔，追她追得可辛苦了……”

姐姐还在津津有味地絮叨，我不禁哑然失笑，心想，没想到两句情诗，也能成就一段美好姻缘。

第四辑

最后一滴水

永远的一课

当那条血淋淋的断腿，霍然呈现在我面前时，我的心跳骤然加剧，眼睛也模糊了。李老师，难道这就是李老师的断腿吗？我已经不敢再想下去。

李老师是我小学六年级的语文老师兼班主任，他中等身材，长方脸，大眼睛，戴着一副宽边眼睛。讲起课来不紧不慢，所讲的内容清晰易懂。他不但学识渊博而且平易近人，和同学们几乎打成了一片。

昨天上午上课的时候，李老师走进教室刚打开课本，就被传达室的老张叫了出去。回来后他虽然和平时一样，有条不紊地讲起了课，却显得有些心绪不宁——不到半个小时的工夫就看了好几次手表，还不时地瞟着窗外。

李老师今天是怎么了？他的这种状态，是教我们以来从未有过的。作为语文课代表我最了解他了，如果没有特殊情况，他绝对不会这样心不在焉的。

下课铃一响，李老师就合起课本说，“大家一定要抓紧时间好好复习，做好最后的冲刺啊！好，下课！”

说完就冲我一摆手让我过去，等我走过去，他小声地对我说，“马禄，你帮我把教案和同学们的作业送到办公室吧，我有事先走啦。”说完就拍拍手上的粉笔末，快步走出教室。

等我抱着作业走出去时，就看李老师已经骑着自行车，冲出了校门……

第二天上学后我刚进教室，我们班长就急忙拉着我的手说，“马禄，李老师出车祸了，我们到医院去看看他吧。”我听了脑袋“嗡”地一下就大了。“到底是怎么回事，快跟我说说。”我一把抓住他的肩膀急切地追问。别问了，快走，路上说。

去医院的路上，他们才告诉了我事情的经过——原来昨天上午刚上课，李老师就接到了传达室的通知，说他母亲得了急性阑尾炎，送进了医院。可他怕耽误了我们的课程，还是坚持上完了那节课。在他急急忙忙赶往医院的途中，不小心出了车祸——被一辆疾驰而过的卡车轧断了一条腿。肇事司机逃逸，到了下午才被人发现送到了市医院。

等我们几个班干部风风火火地赶到了市医院，刚到手术室的门口，就撞见一个护士手里拿着条断腿走了出来。望着那条断腿我的心立刻揪了起来。

当我们含着热泪，围坐在李老师的床前时，已经是黄昏时分。

“老师，家里出了事，您为什么不早点走？还要给我们上课……”我望着老师盖在被单下空荡荡的右腿部位，呜咽着说。

“傻孩子，你们马上就要升学考试了，一节课也耽误不得。记得有人说过，一本书就能影响人的一生。一节课也是这样，做人不能光想着自己。”

我望着李老师那张惨白的脸，心想，是啊，李老师这是以自己的实际行动给我上了最难忘的一课——永远的一课。

无言的感动

我右手拎着水果，左手拎着补品，迈着沉重的脚步顺着医院的楼梯拾阶而上。自从下岗了以后，我求爷爷告奶奶的，好不容易找到了一份给居民楼送纯净水的活儿。这活不但累而且收入低，我白天累死累活的，晚上回家还要承受老婆无休止的抱怨和儿子不屑的眼光。没有办法，谁让咱没出息、没本事呢。可千不该万不该，我不该骑着三轮车和人家老太太相撞，更不应该把人家撞到了医院的床上。

你说怎么那么倒霉呢？昨天下午我刚送完了第一车水，正打算去公司取第二趟水的时候，也许是赶得急了点，刚走出楼区我就觉得眼前白光一闪，只听，哎哟一声，一个重物应声栽倒在了我的车前。我定睛一看，原来是一个白发苍苍的老太太——她一动不动地倒在了地上，我大脑顿时一片空白，心想完了。我迟疑了片刻，才一个高儿从车上蹦下了下来，不顾一切地把昏迷不醒的老太太抱上了车，使出吃奶的劲儿向医院蹬去……

等到了医院，大汗淋漓、气喘吁吁的我就迫不及待地把老太太抱到了急救室，然后又风风火火地把兜里所有的钱一股脑儿地掏给了收费处。

老太太经过了医生几个小时的反复折腾，仍然处于那种昏迷不醒的状态。我的心情越来越沉重了，就如同世界末日即将到来。我在心里不断地祈祷，盼望着老太太早点苏醒过来。也许我的祈祷终于感动了上帝，今天早晨她果然苏醒了。

“大娘，对不起，是我太鲁莽了，才把你撞成了这个样子。”她醒了以后我就急忙向她赔礼道歉。

“不，不怪你，是我走路太不小心了……”可她却艰难地摇着头，有气无力地说。我没想到老人竟没有一点抱怨，不禁有点感动。

紧接着我向老太太要了家里的电话，并急忙打电话通知她的家人。心想，老太太一夜都没有回家，家里人不知道急成什么样子！见老人醒了，我如释重负地舒了一口气，然后就离开了病房准备给老人弄点饭吃。等我打饭回来，却看见老人的身边坐着一个中年男人，我心里明白这是老人的家人来了。

那名男子一见到我，便立刻起身说道，“谢谢你，谢谢你救了我的岳母。”我明白是他误会了事情的真相，已经感到无地自容了。

“嘘——你们安静点，她的病需要肃静……”

我正想说出其中原委，却被前来查房的医生给制止了。我只好把刚到嘴边的话又咽了回去。

等老人输上液以后，老人的女婿就催我回来休息，这不我就回家睡了一觉，买了一些东西又来了。

可我还没有走进老人病房的时候，就听到里面传来一阵哭泣之声，我心头一震，一种不祥的预感立即向我袭来。等我走进病房，就看见老人的脸上已经蒙上了医院的白床单，几个男女正围在她的床前轻声地恸哭着。

就在我不知道如何是好的时候，刚才那个中年男人拉着另一个男子向我走来，“谢谢你救了我的母亲，她临终前还让我好好感谢你啊！”那个男子上前一把紧紧地抓住了我的手郑重地说。

我奇怪地问，“啊？她老人家是这么说的吗？”

男人说，“是的，她说自己下楼的时候，一不小心从楼梯上摔了下来，是你救了她还把她送到了医院。”

听了这话我愕然地呆立在那里，心里涌出一种无言的感动，顿时热泪盈眶！

不能没有你

“乐乐、乐乐，你快回来吧，你快回来吧……”

这是一个凄迷寒冷的风雨之夜，我独自蜷伏在阴暗潮湿的桥洞子里，不停地打着摆子，痛苦地呻吟着，反复地喊着乐乐的名字，任凭那团无名的烈火尽情地焚烧着我。我无力扑灭这团烈火，也不知道这团烈火还将夺走我什么？上次是眼睛，难道这次……其实失去了乐乐，生命对我来说已经无所谓了。我不知道失去了它我将如何生活。

从我记事的那一天起，我的世界就开始“失火”——三岁时父母就离了婚，母亲跟着一个“大款”到深圳闯世界去了，父亲也娶了一个“洋媳妇”在城里过起了幸福的生活。他们谁也不愿意抚养我，把我扔给了乡下的奶奶一起生活。十岁那年奶奶也得病去世了，可父母仍然不肯收留我。伤心过度的我大病了一场——那次烈火般的燃烧后我失明了。失明后的我只能靠乐乐每天“牵”着，过起了沿街乞讨的流浪生活。

乐乐是城里的“洋妈妈”淘汰了的一条狗，为了全心地宠爱后来买的那条名狗，她把乐乐丢到乡下由我们抚养。乐乐虽不是什么名门贵胄，但它却特别善解人意。它的到来给我和奶奶的生活平添了不少乐趣。

我失明以后乐乐变得更加懂事了，我每天坐在路边乞讨的时候，如果有的行人不扔钱就走了，它便追上去，用嘴扯着他的衣角把他拉到我的身边，等他把钱扔到碗里它才放开他。许多人都羡慕我有这样一条聪明伶俐的好狗。然而，让我万万没有想到的是……

今天上午，我和往常一样坐在路边乞讨，就听见一个女人嗲声嗲气地喊着：“快走呀！大热的天你磨蹭什么？”

“不是我磨蹭，是这条小狗扯着我不让我走。”

“你可真笨啊！踢它，踢它一脚不就完了吗？”

“我不敢，怕它咬我……男人胆战心惊地说。”

“唉！真没见过你这号男人，一条狗就把你吓成这德行……”

“大叔、大婶行行好吧，可怜可怜我吧。”

“我听到他们没有弄明白乐乐的意思，就提醒着他们。”

“哦！原来它是在帮你要钱啊，这不等于拦路抢劫吗？”

……

女人尖叫着走过来质问我，空气中立刻浮游着一股浓烈的香水味。

“算了，一个臭叫花子，咱不和他一般见识，不就是几个小钱嘛。”

这时我已经听到他往碗里扔钱的声音。

“这条狗真好，喂，小叫花子你把这条狗卖给我吧，多少钱？”

“不卖，多少钱也不卖。”

“走吧，娇娇，不就是一条普通的破狗吗？等我给你买条名贵的。”

“不行，我就要这条狗，别的狗我不要。”

“好吧，我出三百你卖不卖？”

“不卖！”

“五百。”

摇头。

“一千怎么样？一千总可以了吧？”

“不卖就不卖，你出多少钱我也不卖！”

我急忙拽紧绳子，把乐乐拉进怀里，紧紧地抱住它，生怕被他们抢走。

“好啊，小叫花子，你竟敢和我叫板，我打死你，看你还卖不卖？”

一阵暴风骤雨般的拳打脚踢，使我几乎昏厥了过去。

“行了，教训他一下算了，别弄出人命，抱着狗，快走……”

“哎哟！妈的，它咬我，这死狗，痛死我了……”

神志不清的我，依然听到乐乐疯狂地撕咬声以及他们号叫声……

不知过了多久，我才从那种痛苦昏迷的状态中完全地清醒了过来，我下意识地摸索着拴乐乐的绳子，同时大声地呼喊着它的名字，却一无所获。

“乐乐……”

我意识到了事态的严重，立刻迸发出一声歇斯底里的惊呼。然后惊慌失措地站了起来，摸摸索索、跌跌撞撞地沿街呼叫着——寻找着乐乐，然而一切都是徒劳。就在我筋疲力尽、痛苦绝望的时候又下起了瓢泼大雨，我被雨淋得浑身通透，最后只好连滚带爬地摸索进了这个桥洞子里。不久我就感到口干舌燥、浑身发烫。外面雨还在不停地下着，随着夜雨的缠绵淅沥，我的心也愈加地凄哀绝望了。我知道这样的雨天，乐乐即使挣脱了他们的束缚，也很难凭着嗅觉找到我的。

没想到就在我被烧得昏昏沉沉、神志不清的时候，却感到有一个东西走近了我，它在我的身上贪婪地嗅着，还不停地舔着我的脸……

“乐乐！乐乐！我的乐乐！你可算回来了，你是怎么回来的？他们没有打你吧？……”

我喜出望外地惊呼着，迅速地腾起身，一下把乐乐搂在怀里，嘴里反复地问着。乐乐也不停地在我的怀里欢快地哼唧着，兴奋地舔着我脸上的泪水。

这一夜，我把乐乐紧紧地搂在怀里，一刻也不肯松手。心想：乐乐啊！乐乐，真不知道你是经过怎样的挣扎和努力才回到我身边的？妈妈为了别的男人离开了我，爸爸为了别的女人抛弃了我，只有你不肯舍弃我。现在你就是我在这个世界上唯一的亲人，我再也不能失去你了！

家乡的小河

“嘘——轻点。”刘鹏紧盯着儿子的背影，边蹑手蹑脚地向前走边提醒身后的妻子。王静会意忙放轻了脚步，心情却变得非常沉重。望着唐君幽灵般的背影，她明白儿子的梦游症已经很严重了。

唐君对身后的父母浑然不觉，挺着僵硬的身子深一脚浅一脚地走着。他穿过几条马路，径直向城头的大河走去。河岸黑漆漆的，只有潺潺的流水在幽暗中泛着荧荧的光。这让王静更加不安了，她怕儿子一失足掉进河里，她真想跑过去拦住儿子，可好奇心又驱使着她，想看看儿子到底要干什么。她屏住呼吸，紧随夫后，紧盯着儿子的一举一动。

唐君低着头，在河边的草丛中东瞅瞅西看看，好像在找东西。然后，突然又跑到河边，张开手臂做了一个翱翔的姿势，吓得王静差点儿喊出声来。接着他又胡乱地比划了一阵子，就坐了下来，痴痴地望着河水发呆。

过了许久他也没有离开的意思。王静和刘鹏终于忍受不住蚊虫的叮咬，便不约而同地向他扑去。

儿子，你在这儿干什么？快回家吧……跟妈妈回家吧，王静用力地摇晃着儿子，焦急地追问。

唐君仍旧神情恍惚地呆坐在河边，一点儿反应也没有。急得继父刘鹏一把抓住他的胳膊，拽着他就往回走。唐君被继父拽得东倒西歪的，却仍然没有清醒。他不情愿地跟着继父走，念叨着：“再找找，再找找……”这让王静想起他小时候在河边捉蜻蜓、逮蚂蚱的情景。

唐君是一个活泼好动的孩子。那时候家乡的那条小河就是他与村里孩子的娱乐场——他们几乎每天都到河里捞鱼、洗澡，在河边逮蚂蚱、捉蜻蜓、捕蝴蝶……

上学以后，王静和前夫唐超怕他耽误学习，就禁止他到河边玩，可他依旧忍不住偷偷地溜到河里去撒欢。

有一天，放学后他又偷着到河里去洗澡，不小心把一双新凉鞋掉进了河里，冲跑了。脾气暴躁的唐超知道后，劈头盖脸地打了他一顿，鼻子都打出了血。边打边骂："我让你不听老子的话，没事就往河边跑……你再不好好学习，老子就把你扔到河里喂鱼！"把唐君吓得不但再也不敢去洗澡了，而且还落下了毛病，一着急，一上火就流鼻血。打那以后，他也变得沉默内向了。

由于唐超的脾气暴躁，经常打骂王静母子。王静一气之下和就他离了婚，带着儿子进了城，到处打工……后来嫁给了现在的丈夫刘鹏。尽管，善良憨厚的刘鹏对唐军视如己出，但唐君总是郁郁寡欢的。

在中考的考场上，唐君因为流鼻血，只差三分没能考入重点高中。整个暑假他就变得神情恍惚了。

最近夫妻俩发现早晨家里的房门经常是开着的，孩子的鞋子总是湿湿的，猜测唐君患了夜游症。

等刘鹏把唐君弄回家，又按到了床上，他已经筋疲力尽了。他真不明白这孩子怎么突然间就病得这么严重。此时他才真正地意识到，自己平时对唐君的关心太少了。

这孩子不会精神失常了吧？王静望着沉睡在梦乡中的儿子哭着问。

去你的，别胡说，哪有那么严重啊？大惊小怪的。刘鹏急忙安慰妻子。

你说得轻巧，敢情不是你亲生的，今天晚上你自己睡吧，我陪着他睡。王静赌气似的冲着刘鹏说。刘鹏无奈，只好摇摇头走了。

王静在儿子身边躺下，却被枕边的日记本硌了一下。她顺手拿起打开，只见上面写道：我最近经常失眠，不敢闭眼，一闭眼就是那些滴满鼻血的试卷。它让我想起一个充满血光的战场。是的，我的少年时光就是在学习、复习、考试的战场上度过的——它充满了血腥和硝烟，让我感到恐慌，也让我的日子暗淡无光。我最留恋的是我的童年，我的童年是金色的，它在我家乡的小河边，也在我甜美的梦乡。那时候的阳光是金色的，河水是金色的，就连我和小伙伴们的笑脸都是金色的。我真回想到梦里去寻找它，去拥抱它……

看到这里，王静泪如雨下。

偷来的眼泪

一个月黑风高的午夜，我终于鼓足了勇气，凭着自己所有的偷盗伎俩潜入了那栋我窥伺已久的别墅。

当我跳进屋里以后，却嗅到了一股陈腐发霉的气味儿。我屏住呼吸，在黑暗中小心翼翼地摸索着。为了不碰到东西发出声响，我只好打开了手机。借着微弱的光亮，我发现这竟是一个装饰豪华却又古老陈旧的住宅。

“你来了？卫生间的窗户关好了吗？”

当我刚走入客厅，竟然被这个突如其来的声音吓得魂飞魄散，我下意识地握紧了匕首。一个苍老而沙哑的声音在静谧的夜里久久地回荡着，显得异常的阴森恐怖。

声音刚落，眼前一片通明。我愕然地呆立在大厅中央。顺着声音望去，只见一个衣衫褴褛、瘦小枯干、满脸皱纹的老人紧闭双眼，旁若无人地端坐在沙发上。

“过来坐吧，陪我说说话。”我的到来非但没有给他带来一丝恐惧，他竟然若无其事地和我客气着。

“你怎么知道我来了？你知道我来干什么吗？”

“我当然知道，因为我们是同行。不过，年轻人，你的偷盗技术还嫩了点。”

“我……我……我们？”我愈加愕然了。

“听我的话放弃吧，尽管我知道干我们这行的谁都有万不得已的苦衷，如果你实在需要钱我可以满足你。”

“为什么？”我茫然不解地问。

“看到我了吗？我已经有十多年都没走出这个家门，很久也没有人来看我了，也好几天都没吃东西了。”

他的话不禁让我想起在我窥伺这栋别墅的时候，确实发现这栋别墅除了送外卖的和钟点工很少有人来过。

“为什么会这样？”

“年轻的时候，我凭着自己一身的偷盗本领积攒了不少的财富，给两个儿子置办了大量的产业。可是，到头来他们却以我这个做贼的父亲为耻而退避三舍，从来都没有为我尽过一点孝道。如今，我落了个风烛残年孤苦无依的下场，唉！真是追悔莫及啊！”说到这里他已经老泪纵横了。

不知道为什么，看见他伤心绝望痛苦无助的样子，我的鼻子也不禁一酸。

不知不觉我们已经聊到了天亮，当我离开那栋别墅的时候，心里竟然感到异常的迷茫。这倒不是因为我的两手空空，而是因为那位老人的身世和经历给我带来的强烈震撼。

“记着抽时间来看看我吧，我好孤独、好寂寞啊……”

临别前老人对我所说的这句话，仿佛一次又一次地回旋在我的耳畔。一阵寒冷的晨风迎面吹来，我不由自主地打了一个冷战。

那以后，我也曾抽时间去看过他几次，给他带去一些吃的用的，陪他闲聊。可是，忙忙碌碌、提心吊胆的偷盗生涯使我很快就把这件事情淡忘了。不久我就在一次偷盗作案的时候，不小心被警察发现并逮捕了……

半年后，当我刑满出狱再次想起老人，并以同样的方式潜入他家时，我却嗅到了一种与第一次来时截然不同的气味。一种臭味，不！确切地说是一股腐臭的气味。一种不祥预感猛烈地撞击着我。

我摸索着拉开了客厅的灯，却看见老人仍然寂寞孤独地蜷伏在那个沙发上。和上次不同的是，这次他不是坐着，而是俯卧在那里。

我快步向他走去，那股愈来愈浓烈的腐臭味迫使我不得不用手捂住了鼻子。等走到近前，就更加证实了我的预感和猜测。这个孤苦无依的老人已经死去很久了。我呆呆地注视着他那痛苦万状的尸体，不禁又一次打了个冷战。看见老人的尸体，我仿佛看见了未来的自己。正当我不知如何是好的时候，却蓦然看见沙发前面的茶几上放着一张信纸，我急忙上前抓起展开。

只见上面写道：“我知道你还会来的，可是我已经等不到你来了。谢谢你在我生命最后的日子里陪我度过了一段难忘的时光，但愿我的死能够改变你的生活。请帮我料理好后事，变卖我的房产，留下你的生活所需，将其他的全部捐献给慈善事业。我想你一定会明白，我为什么不把这些财产留给我的两个儿子。最后请你再听我的一句忠告吧：人生在世，与其抓住权力和财富，还不如抓住快乐和幸福。”

信还没有读完我就已经泣不成声了，哭声久久地回荡在这栋空旷而陈旧的住宅里。当我把眼泪擦干的时候，我仿佛已经看到了一个全新的灵魂和一个真实的自己。

没妈的孩子

“开个话吧吧，既轻松又干净。”一下岗，老公就向我提出了这个建议。“说得轻巧，钱哪？有钱，有钱我连大巴都想开。”我嘴一撇，把下岗的怨气都撒给了他。“这样吧，我先从单位预支半年的工资，再找朋友借点，你赶紧找地方，越快越好。”老公是个说一不二、雷厉风行的人。不久，在他的极力支持下，我的话吧果然开业了。

话吧开在一所小学的附近，生意很红火。不但有学生家长时常光顾，而且附近那些做生意和打工的人们，也常来我的话吧——向远方的亲戚朋友，述说心中的烦恼和思念。我也很快就进入了当老板的角色。

一个冬天的早晨，天气非常的寒冷，天上还飘着雪花儿。我刚来到话吧，就见一个十二三岁的女孩，怯怯地走了进来。女孩背着书包，穿着一件又旧又小的羽绒服，扎着两条羊角辫，清瘦白皙的脸上，闪着一对乌溜溜的大眼睛。

“阿姨，我想打电话。”女孩一进屋，就轻声细气地说。

“打吧，想坐哪儿打就坐哪儿。”因为，她是我那天的第一位顾客，我热情地招呼着。

女孩听了，便在门口附近坐了下来。摘下手套，搓了搓手，就抓起了电话筒。女孩握着话筒，看了我一眼，犹豫了一下，似乎在想电话号码。正在这时，恰巧又来了一个顾客，我便把视线转移了。等我应付完了顾客，才又被女孩那轻轻的、怯怯的声音吸引了。

“喂，妈妈啊，您还好吗？我很好，我好想您呀，妈妈您什么时候回来呀，哦，您可快点回来啊！……”女孩的声音有些呜咽了。

“……奶奶对我很好，表姐对我也很好，您就放心吧……好，我乖，我会好好学习的，等我考完了试就来向您汇报成绩，您也要多保重啊……好了，妈妈，我该上学了，嗯，再见……再见了，妈妈……”

女孩打了不到三分钟的电话，就已经泣不成声了。

她放下话筒，用手擦了擦眼睛，然后掏出两元钱，放在电话旁，说，“阿姨，我打完了，给您钱，再见！”说完，一转身离开了座位，推开门就跑了。

“哎，别走——用不了这么多钱——快回来——等我看看时间，还得给你找钱哩。”

等我拿着钱追了出去，女孩已经消失在漫天的飞雪里，任凭我站在刺骨的寒风里大声地喊。

无奈，我只好转身回来，心想，先看看她用了多少时间，等下次来，我再给她找吧。等我拿起她打过的电话，竟然惊呆了，因为那上面，根本就没有她拨的电话号码。很显然，女孩刚才没拨号，而是拿着话筒，佯装打电话。或许，女孩只是想借用这种方式，向远方的妈妈倾诉一下思念之苦罢了——我也只能这样想了。

时光如水般流逝着，忙忙碌碌的生活，使我很快就把这件事给淡忘了。

等学校考完期末试，快放假的时候。有天早晨，我刚到话吧，女孩又来了。女孩这次穿着一套夏季校服，脸比上次来的时候，黑了许多，也瘦了许多，一双乌溜溜的大眼睛，显得更加的清澈明亮了。

“阿姨，我想打电话。”她一进屋，就像上次那样，羞羞怯怯地说。因为一直惦记还她的钱，见她来了，我一阵惊喜，但又马上若无其事地说，“打吧，随便坐。”同时心想，这回我一定看看你，到底是真打还是假打，然后再把钱还给你，也不迟。

她和上次一样，坐在了门口附近。等她拿起话筒，就又看了我一眼，见我正在看着她，便一扭身，故意挡住了我的视线，给了我一个冰冷的后背。这样，我已经看不见她到底拨没拨电话号码了，也只能好奇地聆听，她打电话的内容。

“喂，妈妈，您还好吗？我又想您啦，您什么时候回来呀，您快点回来吧，我好想您啊……哦，对了，妈妈，我们已经考完试了，我考了全班第一，您听了以后，一定非常高兴吧？……好，我乖，您放心，我不会骄傲的……我还等您回来送我去上大学呢……那好，不说了，您多保重，再见……”女孩说着说着，又泣不成声了。

我望着她那娇弱、颤抖的背影，鼻子不禁一酸，险些掉下泪来。正准备走过去，劝她几句，就见她又和上次一样，把两块钱，放在电话旁，捂着脸，便一溜烟跑了。

“哎！你站住，快把钱拿走……”

见此情景，我急忙追了出去。我刚走到门口，就见我女儿小芳，向话吧走来，正好与刚跑出去的女孩，撞个满怀。“哎，徐莉莉，怎么是你啊?”小芳看见她，吃惊地说。“噢，我，我来……”小芳一问，女孩竟有些语无伦次了。“你怎么哭了?”小芳紧追不舍地问，“没什么，你别管了，再见!”女孩说完，又头也不回地跑了，只留下我女儿小芳，独自站在那里发愣。“怎么，小芳你们认识?”这时，我也走了过来问。“当然认识，她是我的同学，她来这是?”“她来话吧是给她妈妈打电话的，可是……”

“啊?您说什么，她根本就没妈，咋能给她妈打电话呢?!……听说她妈早就出车祸死了，她现在住在奶奶家，她奶奶家很穷，她表姐对她也不好。总之，她挺可怜的……”

见我一脸的错愕，女儿急忙地解释着。那一刻，望着那个已经消失在车水马龙中的背影，我不无感慨地想，看来，当初听老公的话开话吧，是对的。最起码，我能让一个没妈的孩子，在这里尽情地倾诉对妈妈的思念。

咱当兵的人

几天来，徐勇时常被一种离别的惆怅和淡淡的失落紧紧地包围着。那首《咱当兵的人》他唱得就越来越勤了。就在他摘了帽徽和领章和战友们依依话别的时候，却突然响起一阵刺耳的警铃声。徐勇也未及多想，便和战友们一起冲了出去，登车直奔火场。

——题记

夜深人静。忽然，一阵刺耳的消防车声把徐勇从梦中惊醒。他下意识地从床上弹起，拉开灯，穿上衣服就冲了出去。一出去他才发现不对呀，原来他以为自己是在部队，其实这是在家。徐勇是名消防战士，这几天他正好回家探亲，刚才外面的消防车一响，睡梦中的他便习惯性地穿上衣服，冲了出去准备出警。等徐勇冲出了家门，被晚风完全吹醒了以后，才发现自己这是睡蒙了。

几辆消防车带着一声声凄厉的长鸣，眨眼间便从他身边呼啸而过、绝尘而去。只留下他独自伫立在晚风中发愣。不行，我是一名消防战士。不管在家还是在部队，救灾抢险都是我的职责。村里着火了，我怎么能袖手旁观呢？想到这里，他便立刻跑回家中，骑上哥哥的摩托车，就冲着消防车疾驶去的方向，一溜烟追去……

“小勇，你干吗去?！深更半夜的！”急得被他惊醒了的爸爸追了出来，冲着他远去的背影跺着脚喊。徐勇仿佛没听见似的，很快就消失在苍茫的夜色中。气得徐老汉摇头叹气地骂道，“魔怔喽，魔怔喽，完了，这孩子当了几年兵当魔怔了。”也难怪徐老汉这么说他，自从徐勇回来以后，他就没有睡过一天的好觉。他不是半夜里突然起来又穿衣服又打包的“紧急集合”，就是趁他和老伴都不注意的时候，冷不丁地给他们行个军礼，嘴里还一本正经地说，

“立正！首长好！”而且还经常地唱，咱当兵的人，就是不一样……徐老汉总觉得儿子和当兵前已经判若两人。这会儿他还真担心徐勇梦游般的跑了出去再出点啥事儿。心里这么想着，便急忙踅了回来，喊起了住在西厢房的大儿子，让他出去找找弟弟。然后又回来躺在炕上，瞪着眼睛望着天花板和老伴有一搭没一搭地聊着——等他们回来。

天亮了的时候，徐勇才被哥哥一瘸一拐地搀了回来，他那张英俊白净的脸，也造的像包公一样。“小勇，你这是咋的了？”见此情景，老两口都大惊失色地问。“他啊，他是帮人家救火从房上摔下来了，我说你回家休假还管这闲事干吗？在部队救火还没救够啊？”哥哥一边回答爸妈的问话，一边嗔怪道。

“我，我这不是习惯了吗？嘿嘿——哎哟，哎哟——”徐勇傻笑了一声，咧着嘴说。

“什么习惯呀，我看你就是吃饱撑的，快让妈看看摔得严重不？”徐老太一边查看儿子的伤情一边埋怨着。

说着，就听见外面吵吵嚷嚷地来了很多人，他们一进院便说，“就这，对！这就是他家……大娘，我们是来感谢你儿子的，今天幸亏你儿子了，否则我们的房子就全都烧光了……”徐勇一看，他们都是那些房屋着火的村民，这是特意来感谢他的。便急忙忍着伤痛迎了出来，难为情地说，“别这样，乡亲们，你们还是回去吧，这都是我应该做的……”

徐勇伤愈归队后，就接到上级给他立了三等功的消息。原来他们村的那些村民，为了感谢他见义勇为的英雄事迹，早就把锦旗送到了部队。徐勇当了四年的兵，这已经是第三次荣立三等功了。因为他每次出警都是表现最突出的一个，他喜欢出警时那种热血沸腾、斗志昂扬的感觉。他最大的心愿就是能够立个一等功，来报答他的父老乡亲，来告别他的军旅生涯。还有半年就要转业了，他真希望这个心愿能够早日实现。

机会来了，某年 5 月，大兴安岭着火的时候。因为他们部队离着火点较近，也接到了支援救火的命令。领导命他带队前往灾区。可等他们坐了两天一宿的火车，赶到大兴安岭火区的时候。天空突然乌云密布，雷声滚滚，大雨倾盆。把那场连续着了二十天的大火全都浇灭了。于是，徐勇的心愿也没有实现。从大兴安岭回来以后，尽管也出过几次火警，但都是一些小型火灾，别说立功了，就连救火的危险都体会不到。

日子如水般地流逝着，眨眼间就到了徐勇退伍的日子。几天来，徐勇时常被一种离别的惆怅和淡淡的失落紧紧地包围着。那首《咱当兵的人》他唱得就越来越勤了。就在他摘了帽徽和领章和战友们依依话别的时候，却突然响起一阵刺耳的警铃声。徐勇也未及多想，便和战友们一起冲了出去，蹬车直奔火场。

这是一场惊心动魄的大火，着火的是一个油漆厂。等徐勇他们赶到的时候，火情已经到了一种难以控制的局势——整个厂区都已经淹没在一片烟涛火海之中了。

一下车，徐勇便在队长的指挥下，奋不顾身地扑入了火场。“轰——”

他刚冲了进去，就传来一声震耳欲聋的巨响——随着储油罐的意外爆炸，徐勇年轻的生命也永远地消失在了熊熊的烈火之中……

最后一滴水

郁闷、烦躁，海棠最近的心情总是特别烦躁。原因很简单，自从搬进新居，她家就经常停水。这使她乔迁新居的欣喜眨眼间就荡然无存。大热的天，家里没水，别说洗衣服、洗澡，就连吃饭、上厕所都成了问题。这不但让她体会到了上甘岭的滋味，而且也让她十分怀念那些随便使水的日子。

丘海棠和爱人刘君都是服装厂的工人，刚结婚的时候，他们就住在服装厂家属院中的两间平房里。房子虽然不大——只有四十平方米，但用水用电都十分方便。几十户工人住在一个大院子里，大家每天来来往往、说说笑笑的，显得特别的和谐。

为了让大伙儿用水方便，厂里不但建了职工浴室，还在每三户职工的门前，就修了一个公用水池子。那时候，他们下班了以后，就轮流到水池子边洗衣服、洗菜……边洗边天南海北地胡侃。大伙儿的笑声与那哗啦啦的水声一样此起彼伏、经久不息。那些水龙头里的水流特别的足，无论什么时候用，都能给你一种痛快淋漓的感觉。这种情况，也使海棠节约用水的观念越发地淡薄了。

有天中午，海棠端着衣服到水池子那儿去洗。她打开水龙头后，才想起没有拿洗衣粉。于是，她也没关水龙头就回家取洗衣粉。她回去后恰巧家里的电话响了，等她接完电话返回去的时候，远远地就听见有人在喊：

“这谁呀？不关水龙头，也不知道节约用水，这太没公德了吧？”海棠过去一看，“骂”她的不是别人，正是刘君的初恋情人徐月娟。她娘家就住在这院，她这是回娘家路过这儿，看到水龙头没关的。

“我这不是来了吗！有没有公德关你啥事？狗拿耗子……”海棠一见是她，便没有好气地说。“哦，是你啊，我是看你们浪费水心疼，才……你不知道，我住的五楼就经常上不去水，吃水像吃油一样珍贵。如今全球缺水，你没听人家说吗？如果我们现在不节约用水，将来地球上最后一滴水就是我们的眼泪。”“啧啧，别说得那么邪乎好不好？住楼没水，你咋不住平房呢？还不是爱慕虚荣想摆阔吗？”海棠知道月娟当初是嫌刘君的条件不好，才嫁给别人的，所以就含沙射影地说。

“你爱咋想咋想，反正我知道咱们现在不节约用水，迟早有一天会后悔的。”月娟说完就头也不回地走了，只丢下海棠在那儿边洗衣服边生闷气。

没想到事情还真让月娟给言中了，自打他们夫妻搬进了这个五楼以后，她就没有像以前那样痛痛快快地用过水。

这不，今天下班后，家里又停水，无奈，她就给刘君打了电话，让他在外面吃吧。她便用仅存的一点水，泡了两碗方便面，和儿子对付了一口。然后，就拖着油腻腻的身子，坐在儿子身边，边辅导他做功课，边望着床上的一堆脏衣服发愁。直到儿子写完作业，水龙头还是悄无声息。她只好又用存水，给孩子和自己胡乱地擦了一把身子，便躺下了。

她刚躺下，刘君就回来了。他一进屋就说：

“哎，海棠，你猜今天我看到什么了——我看到人妖了，而且还是裸体的。”

“你说什么呢？乱七八糟的，没喝多了吧？”看到他那股兴奋劲儿，海棠疑惑不解地问。

“没有，我没喝多，我说得全是真的，刚才我在外面吃完了饭，知道家里没水，就到浴池里去洗澡。我刚脱完衣服，就看见一个很妖艳的女人大摇大摆地走了进来。她一进来把我们这些男人都吓呆了，还以为她走错了门。他根本就没理会我们那种惊骇的神情，只是不屑地瞟了大伙儿一眼，然后把东西往衣橱里一放，就开始脱衣服。当他脱光了上衣，露出那对丰满的乳房时，我们就更加的惊骇了。等他脱光了下身我们才发现，他下面的东西和我们长得一样，哈哈哈……让大伙儿虚惊了一场……”

海棠听他讲完，并没觉得好笑，只是忧心忡忡地说：“你还有心情笑呢！如果家里有水，在家洗澡多好，何必到公共浴室去洗呢，那种地方什么人都有，时间久我真担心你会染上一些脏病。”

“你以为我愿意去啊？这也是没办法的事吗！我知道家里一停水，你的心情就不好，所以才想逗你开心的。好了，不说了，睡觉！”

一夜无话，第二天正好是大礼拜，可家里仍然一滴水也没有。无奈，海棠只好决定把衣服拿到婆婆家去洗。由于拿的东西太多，下楼梯的时候，她不小心竟踩空了台阶——一个趔趄就从楼梯上摔了下来。那一刻，她仿佛已经听到了自己骨头断裂的声音。等她咬着牙坐了起来，双手捧着那条撕心裂肺的断腿，两行热泪不禁奔涌而下。望着掉在手臂上的泪珠儿，她不禁想起了月娟说的那句话——地球上最后一滴水就是我们的眼泪！

儿媳夜迟归

刘喜发一过七十，身上不断地添毛病，不但得了老年白内障，还患有老年性耳聋。看电视却越来越有瘾，特别喜欢体育比赛，只要有，他几乎一场不落。今天晚上，中央电视台转播中美女排比赛，还不到点儿，他就早早地坐在电视机前等着。比赛一开始，眼球就粘到了电视屏幕上。中国赢了球，他高兴得鼓掌叫好；输了球，就唉声叹气，甚至拍腿骂娘。因为眼和耳朵有毛病，生怕看不清、听不准，每次看电视他都把声音调到最大。去年老伴病逝时他哭了几场以后，这眼睛就全毁了，几乎是抱着电视听。等听完了比赛他觉得有点内急，便摸索着走出了他那间黑咕隆咚的屋子。

他刚到厕所，就听见有人关门出去了，这使他犯了嘀咕。儿子在外地工作，儿媳妇说工作忙，把孙子也送到了他姥姥家。现在家里只剩下他和儿媳秀珍两个。儿媳妇倒也贤惠，每天除了上班，就是照顾他的饮食起居。今天他还是第一次发现儿媳晚上出去了。这么晚了，她还出去干吗？莫非是……他已经不愿意再想下去了。

方便完了他就再也没有心思听电视了，而是躺在了床上听门。这个门听得他几乎一夜也没合眼。儿媳回来开门的时候，他估摸着已经快十一点了，这么晚了才回来，她到底干吗去了？于是，他便辗转反侧胡思乱想的直到天明。

第二天、第三天……他继续听，结果天天如此。儿媳每天伺候他吃完了饭就走，直到半夜才回来。这事把他搅得寝食不安了，莫非儿子不在家媳妇熬不住了？他想通知儿子回来。又一想，还是算了吧，无凭无据的，就说媳妇偷人，太唐突了，再说他也不相信儿媳会做出那种有辱门风的事情来的。还是让她把孙子接回来吧，有孩子拴着，晚上她就出不去了。

主意已定，他就趁吃饭的时候向儿媳提了出来。

秀珍说："爹，俺知道你想孙子，俺也想他。可现在不行，他在姥姥那边上学，接回来会影响功课的。五一放了假，再接回来好吗？那时刘军也回来，咱们家就大团圆了。"

刘喜发觉得她心里有鬼，就决定让儿子回来，不然这个家就毁了。于是他便给儿子打电话，直截了当地说家里出事了，叫他立马回来。

"让你回来你就回来，哪来那么多的废话，等回来了再说。"

儿子想问他发生了什么事他也不说，只是冲着电话乱喊乱叫地发脾气。

他一发火果然奏效，刘军当天晚上就急急火火地赶回来了。他一进家就问："家里出什么事了？"

"你还是问媳妇去吧！"那话他实在说不出口。

"爹，别卖关子了，真急人！"

"你不在家，她天天晚上往外跑，直到半夜才回来。她以为我不知道，我这眼睛可心不瞎。"

"爹，秀珍不是那样的人。"

刘喜发一看儿子不相信，就急了。正要发火，电话铃响了。

"喂，你是刘军家吗？我是美味饭店，秀珍累晕倒了，快接她回家休息吧。"

"啊，我马上就去！……"

刘军放下了电话，二话没说就旋风般地跑了，只留下呆若木鸡的爹茫然地呆立在那里。

"我不是和你说过了吗，挣钱的事有我哪，你白天上班晚上还去饭店刷盘子，你不要命了？"

刘军把秀珍接回家后，等她休息一会儿刚醒过来，就开始抱怨开了。

"俺还不是想多挣点钱，把给娘治病欠的账早点还上。再给爹的眼睛治好，好让他看上奥运会……这百年不遇的北京奥运会谁不想看啊，更何况咱爹那么喜欢体育节目。"

刘喜发听了，羞得无地自容。多么好的儿媳妇啊，自己竟胡乱猜想。他真想狠狠地扇自己几个嘴巴……

哑巴吃黄连

幽暗凄迷的月色，淡淡地弥漫在窗前。一阵阵萧瑟的秋风，在夜空中不断地呻吟回旋。燕妮伴着丈夫跌宕起伏的鼾声，不停地辗转着，就是难以入眠。此刻她的鼻梁子又一阵阵地痛痒了起来，这种痛痒肿胀的感觉，使她再次陷入那种铺天盖地的恐怖之中。直觉告诉她这是又要变天了。怎么办？我的鼻子，我这该死的鼻梁，你非把我折磨死才安心哪!?

自从做了美容整形手术，不到半年的工夫，她便经常被这种足以使她支离破碎的恐怖感搅得寝食不安。丈夫的鼾声还在不绝于耳地宣泄着，致使她那颗痛楚纷乱的心愈加地痛楚纷乱了。她烦躁地翻了一个身，把背转向了丈夫。心想，要不是为了得到你更多的爱，要不是想在你的眼里变得更加完美，要不是因为你不经意的一句话，我何苦陷入这种惶恐不安的境地哪！想到这里，她的鼻子不由得一酸，思绪也飞到了半年以前。

“老公，你看我漂亮吗?”

“漂亮!”

“完美吗?”

“完美!”

“一点缺陷也没有吗?”

“没有!”

这是漂亮多情追求完美的燕妮，每天早晨临上班之前，经过一番精心打扮之后都要问老公的几句话。渐渐地她发现老公看她的眼神，已经没有刚结婚时那么的深情专注了，而是变得有些游移不定和不以为然了。他是不是不再爱我了？不然就是我还不够完美，我还没老呢，他就不愿意多看我几眼了，不行，我非得弄个清楚不可。

“老公，你说我漂亮吗？”

“嗯，漂亮！在我的心目中你是最漂亮、最完美的女人。”

“你说真话，我真的很完美一点缺陷也没有吗？”

在一个激情缠绵后的夜里，燕妮又柔腻腻地问起老公这个问题。在她的一再追问下老公又不得不仔细地端详了她一番，然后鸡蛋里挑骨头似的说：“要说你还有什么美中不足嘛，那就是鼻梁子塌了点。”

“哦，是吗？”听了老公的话，燕妮下意识地摸了一下自己的鼻梁子，蓦然地感到它确实有些塌。

从那以后，她每次照镜子都觉得自己的鼻梁子的确太塌，而且越看越塌。从此这个塌鼻梁子便成了她的一块心病。不行，为了赢得老公更多的爱，为了找回老公那一往情深的目光，我一定要把自己变得更加完美。燕妮心想：对，去做美容，现在的美容技术这么发达，何不利用一下呢？

燕妮经过一番反复的思想斗争后，走进了一家美容院。通过详细的咨询，趁丈夫出差不在家的时候，她就做了鼻子矫形术。手术进行的还算顺利，而且恢复的效果也让她感到很满意。她心里不禁一阵窃喜。心想：这回自己在老公的眼中就变得更加漂亮了。

没想到老公回来后并没有注意到她的变化，也一直没有看出她的鼻梁子被垫高了。

“老公，你现在到底还爱不爱我了？为什么你就不肯多看我几眼呢？难道你就没发现我有什么变化吗？”最后，她终于忍不住了，近乎爆发似的抱怨道。

“没有啊，你真的一点变化也没有，还和以前一样年轻漂亮。你放心吧，你真的一点也不老。”老公还是平常那种口吻。

老公的话让燕妮彻底地失望了，没想到自己花了几千块钱做的整容手术，他居然一点也没看出来。

“你没发现我的鼻梁子比以前高了吗？”她仍不甘心地问。

“净胡说，谁的鼻梁子自己还能长高？你没发烧吧？”

老公说这话的时候，气得她恨不得上前去把他抓过来撕碎吃了。

不但如此，就连同事和朋友们也没有注意到她的变化，当她忍不住地问别人自己有什么变化了的时候，得到的都是相似的答案——你一点也没变，一直这么年轻漂亮。直到此时燕妮才真正地意识到，自己在别人的眼里是多么的微不足道。失望之余她得出一个结论，那就是永远也不要太在意别人怎么看待自己，更不要把自己看得太重，否则你会特别失望的。

还没等燕妮在这种自怨自怜的境地中自拔的时候，她的鼻梁子竟然有了一种痛痒不适的感觉，而且愈来愈重，尤其是天气不好的时候。完了，一定是他们的美容技术有问题，燕妮的第一反应就是找他们追究责任。可是当她再去那家美容院的时候，人家已经关门大吉了。痛苦绝望的燕妮，此刻才真正地体会到了那种哑巴吃黄连的滋味。

一阵凄风刮过，窗外下起了淅沥缠绵的秋雨。燕妮的鼻梁子随着外面的风雨一阵紧似一阵地痛痒着。燕妮情不自禁地打了一个冷战，两行酸泪顿时涌了出来……

天快亮的时候，燕妮迷迷糊糊地做了一个梦。梦见她的鼻子在渐渐地红肿发炎，继而不断地溃烂、溃烂……

烈火见真情

“你眼瞎了，踩我脚!”魏长柱操着一口川话，狠狠地瞪了王永志一眼愤懑地嘟囔着。

“你，你眼，才，才瞎了呢！我，我……”王永志一急，又结巴开了，半天才蹦出这句话。新兵营第一天集合的时候，这两个人就发生了冲突。

“立正，稍息!”这时班长已经发出了口令。他们只好互相剜了一眼停止争执。没想到从此以后这两个人就成了针尖对麦芒——不是在生活中你争我斗，就是在训练中互不相让。

魏长柱人长得英俊白净，说起话来干净利索，做起事来不卑不亢。王永志虽然长得是身强力壮，却人笨，嘴笨——说起话来不但结结巴巴，而且语无伦次。尤其在训练的时候，使出九牛二虎之力也做不出一个标准的动作来，为此也经常遭到魏长柱的嘲笑和奚落。

憨厚耿直的王永志虽然对魏长柱有所不满，但觉得大家来自天南海北，能够聚到一起也不容易，就从不和他计较。没想到在一次出警的时候他们的矛盾却激化了……

这是一次特殊的救援行动，王永志他们消防大队所在的那个城郊，发生了一起车祸。车祸的主人是一个养猪专业户，他在外出运猪的时候，由于天黑路滑，一不小心连车带人翻进了城外的护城河里。他们中队接到了任务就火速赶到现场，到了后潜水员们率先下河——打捞那些掉到河里的猪以及遇难司机和随车人员。等潜水员们把那些嗷嗷乱叫的肥猪一个个从河里捞到岸上之后，消防队员们就负责把它们连拖带拽地抓到车上。救援了半个小时后，潜水员又打捞上来一具女尸。这时，恰巧王永志和魏长柱同时返回了岸边。魏长柱本应该和王永志联手把尸体抬到汽车上的，可他却故意躲开了，向刚打捞上来的一头猪奔去。

“喂，魏，魏，魏长柱……你，你，别，别走，快，快帮帮我。”这还是他们头一次接触尸体，望着那具披头散发、满脸发青、两眼发直的尸体，王永志未免有些发憷，冲着魏长柱“魏、魏”了半天才表明了他的意思。

“自己抬吧，那么大个人搬个尸体还用人帮，我还忙着哪。”魏长柱夹枪带棒地说完，便头也不回地扬长而去。本想让他壮壮胆的王永志无奈只好硬着头皮，扛起那具僵硬的死尸向救援车走去。由于过于害怕，他的腿肚子就有点发软，刚走了几步脚底下一滑，便一个跟头栽倒在了泥泞不堪的岸上。说来也巧，摔倒了以后，他的脸和女尸的脸正好来了个亲密大接触。

“啊——”

本来就心惊胆战的王永志发现这个状况后，便情不自禁地大叫一声——吓得是魂飞魄散。

可不远处的魏长柱，却看着狼狈不堪的王永志哈哈大笑，把王永志气得真想跑过去揍他一顿。事后，王永志本想这件事就这样过去了，可没想到他与女尸“接吻”的事，却在班里不胫而走——成了大家茶余饭后的笑谈。这不能不使王永志对魏长柱的积怨加深。从那以后他就尽量躲着他，即使是在寝室里也不和他说一句话。尽管他也觉得很别扭，可他却始终也无法解开自己的心结。

几个月以后，他们又接到一次火警。等他们班刚被登高车举到楼上——投入浓烟滚滚的火场时。魏长柱却发现自己呼吸器的面罩出现了故障——已经无法正常呼吸。在那个热浪翻滚、火舌飞舞的大楼里，这种状况无疑将他置于死地。当呼吸艰难、不知所措的魏长柱正在绝望中挣扎的时候，却看见前面不远的地方王永志正在奋力地灭火。想起自己以前对他的所作所为，便未免有些后悔。于是，就屏住呼吸向他走了过去，冲着他大声地说，“我的呼吸器坏了，兄弟，对不起，再见了——”说完就一把夺过他的水枪扑入了火海。

“住手，快，快跟我走——”王永志一听这话，立刻停止了灭火。拉着魏长柱就往楼下跑，他一边跑一边摘下自己的呼吸器向他的嘴递去。魏长柱会意，便一把摘掉自己的呼吸器，贪婪地呼吸了几口王永志呼吸器里的新鲜空气。然后，又把它向王永志推去。就这样他们一边互相传递着呼吸器，一边扑着火向楼下冲去……

“好兄弟，对不起！”

等他们彻底脱离险境以后，百感交集的魏长柱望着满脸泥污，浑身湿透的王永志再一次情不自禁地说。

“自，自家兄弟，客，客，客客气个啥！？哈哈……”

王永志一激动，又结巴起来没完了，把脸憋得像猪肝。魏长柱无奈只好帮他异口同声地说完了这句话，随后，二人哈哈一笑尽释前嫌！

我不要一半

几天没吃上一顿像样的饭，等他拼尽全力潜入那栋五层楼的住宅时，已经筋疲力尽了。住宅里静悄悄的，站在黑暗中，他大口大口地喘息了一阵子，才摸出手机，借着它的光亮蹑手蹑脚地找到了开关，按亮了灯。

屋子里凌乱不堪，摆设也很陈旧古板。他不禁骂道，“妈的，好不容易找到一个目标，没想到竟是一个贫困户。”他之所以选中这家下手，就是因为这家的灯已经黑了好几天了。

他穿过客厅，又把那几间装饰简朴的卧室“参观”了一遍，心中不禁暗暗叫苦。他没有马上就下手偷东西，而是找到了厨房，想填饱内战激烈的肚子再说。

很快，他就在冰箱里翻出一袋精装的烤鸭，还有面包和牛奶。放在微波炉里热了一下，他就津津有味地吃了起来。等他把肚子填满后，一抹嘴巴，看了眼这个还算温暖的“家”，又产生了在这里住下来的想法。是啊，住在这里总比蹲班房好吧？反正这家也没人，住一宿明天早晨再偷东西走人也不迟。想到了这里，他又回到客厅打开了电视，慵懒地蜷缩在沙发上，悠然自得地看了起来。一会儿，他便很舒心很惬意地进入了梦乡。

不知过了多久，突然一阵响动把他惊醒。他凛然一惊，便立刻腾身而起，一眼就看见隔壁的卧室里，有一个五六十岁的老头儿正在那里翻柜子。很显然，刚才的声音就是他翻东西时弄出来的。

“你是谁？你要干什么？”他吃了一惊，忙瞪着惊恐的眼睛大声地问。

“我是我啊，你要干什么，我就干什么。”老人远远地瞟了他一眼，微笑着说。

“这么说，你也是来偷东西的？”

“嗯，没想到吧？我们是同行……先说好了，这家的钱财我们可得见面分一半哟。”老人说着就拿出一条被子走了过来，把被扔给了惊魂未定的他，又转身向卧室走去。那神态就像他是这家的主人。

哼！就这破家，见面分一半，我还有什么了？妈的，真倒霉，好不容易找到了一块肉，半路上又杀出了一个程咬金。不行！我得先下手为强。想到这里，他便迅速地掏出腰间的匕首，一个箭步蹿上去，来到老人身后，举起刀柄，照着老人的后脑勺就狠狠地砸去。

同时嘴里还说，“想和我分一半，做梦去吧！”

老人毫无防备，便应声昏倒在地。

看着趴在地上的老人，他嘴角不禁浮现一丝得意的冷笑。然后就翻箱倒柜地大肆扫荡了起来。扫荡的结果只是在老人刚才翻过的那个衣柜里，翻到了五六千元钱的现金。他迅速地抹了一把汗，装好了钱，转身就想离去……

可由于过于惊慌，他却走错了门，推门一看原来竟是卫生间。

他刚转过身来，就听见老人说，“错，错了，门在那儿……”

他大吃一惊，定睛一看原来老人早就苏醒过来了，正趴在地上看着他的一举一动。

“你，你怎么知道门在哪里？”

“因为这是我家呀。”

“啊？这是你家，那你刚才怎么不报警啊？”他惊异地问。

“我是看你可怜啊！”老人继续有气无力地说。

“什么？你这么大岁数，竟然可怜我？”他诧异地问——几乎不敢相信自己耳朵。

说完，他便使劲地把老人扶到了沙发上，然后又把刚刚揣进兜里的钱，一股脑地掏出来，放在了老人的身边，转身就走。可他刚到门口又被老人叫住了，

“站住，不是说好了，见面分一半的，这些你拿去？”——他回头一看，只见老人，手里拿着一沓子钱，正在向他摆手。

“不！我不要一半，永远不！”他羞愧交加地冲着老人喊完这句话，便转身夺门而去……

无奈的哭声

苏阳情不自禁地瞟了一眼窗外西斜的太阳，心情已经烦躁到了极点。整整一天他已经不知道有多少次这样看太阳了，他不知道今天的太阳和往日的有什么两样。只是觉得今天的太阳好像移动得特别慢，天也特别长。其实，自从瘫痪了以后，生活对于他来说简直就是度日如年——每一天都是那么的痛苦漫长，尤其是今天。

今天上午孩子他姑父来看他的时候，告诉他一个让他感到十分震惊的消息。得知这个消息以后他再也无法平静了，他真想立即就去杀人，就去放火。此刻他看着天上的那轮似乎已经滞留不动的太阳，心底的那团无名之火就像火山一样迸发了出来。他发疯了一般抓起身边的枕头狠狠地掷到了地上，然后又抓起了茶杯……眨眼之间，炕上所有的东西都已经被他抛掷干净，可是蓄积在他心底的怒火好像还没有完全发泄出来。于是他又举起了拳头狠狠地捶着那双早已经失去了知觉的腿，号啕痛哭了起来……

“苏阳，苏阳，你这是怎么了？谁惹你了？”

林曦回来的时候，看见眼前的情景，吃惊地问。

“……”

苏阳没有回答，仍然继续呜咽着。

“快告诉我到底发生了什么事情，是不是腿又痛了？”

林曦迅速地走到了苏阳的身边，一把把他揽在怀里，关心地询问着。

“滚，你给我滚，我再也不要见到你了，你这个不要脸的女人，你还有脸回来啊？你把我的脸都给丢尽了！”

苏阳狠狠地推开林曦，然后冲着她歇斯底里地喊着。

“我怎么了？你今天这是怎么了？莫名其妙！”

林曦险些被他推倒，不知所措地站到了一旁，苍白而疲倦的脸上流露出一种难以掩饰的痛苦和无奈。

“你说你现在还在唱大鼓，原来你是天天去给人家号丧，我就是饿死、病死也不用你号丧挣来的钱。”

听他说明了原委，林曦那张苍白的立即变得通红。

“苏阳你别激动，你听我说……”

林曦再次走到苏阳身边柔声地说。

“有什么好说的？若不是今天他姑父告诉了我，我还被你蒙在鼓里呢。你这是自甘堕落，你也太让我失望了。”苏阳依然咄咄逼人地呼喊着。

“我还不是为了你，为了这个家！孩子上学需要钱，给你看病需要钱，你让我去哪儿挣那么多的钱？……现在都什么年代了，谁还喜欢听大鼓啊？再说我如今已经是四十多岁的人了，就是唱得再好也没有人愿意听了。你醒醒吧，苏阳，你别以为这还是当年呢！”

“那你也不至于去号丧吧？干什么不行，你为我整天地到处去哭，还不如让我死了好受呢。”苏阳说着说着又拼命地捶起了自己的双腿。

“你快别这样了？当年你为了娶我舍弃了一切，为了这个家你又在工地把腿摔断了，为你即使哭干了眼泪我也愿意。”

“……”

“其实我也不是天天都去哭，你以为每天都有丧主呐？没有活儿的时候我就给人家做做钟点工……再说即使是哭我也不会真哭，我只是凭着当年唱大鼓的功底随便地号两嗓子而已。”林曦再次搂住苏阳的肩膀，耐心地安慰着他。

原来当年林曦曾是济南城里红极一时的唱大鼓的名角，苏阳就是听了她唱的大鼓才爱上她的。为了娶林曦他不顾父母的强烈反对，最后甚至于和富裕的家庭完全地断绝了关系。

“都是我拖累了你啊，我怎么还不死啊……”

苏阳看了一眼妻子憔悴的面容，依然心痛不已地发泄着。

“嘘……你别再闹了好吗？我求你了，儿子马上就要回来了，这件事可千万不要让他知道。”

林曦说完再也不理会丈夫的无理取闹了，便立马动手打扫起了那一片狼藉的家。听了妻子的话苏阳的哭声也戛然而止，其实他同样不愿意让孩子知道这种事情。

迫于生活的无奈，那以后林曦仍旧不顾丈夫的劝阻，为了这个家到处去哭。渐渐的她就像当年唱大鼓时走红了那样，也成了一个出了名的“哭托”。

然而，让苏阳和林曦最担心的事情还是发生了……

一天，在一个丧主的家里，随着一声拉足了长音的吆喝，鞭炮一响，喇叭锣鼓齐鸣，林曦立刻放声痛哭——

“起灵了——”

“唉呦，我那苦命的妈呀！你怎么就这么走了哪——”

她的哭声很快就超过了所有的声音，直哭得干肠寸断，直哭得天昏地暗。与此同时，在场所有人的目光也被她吸引了过去。

“妈！妈！怎么是你？这是我们同学的奶奶，你怎么会在这里?”

“你是谁？你认错人了，我不认识你。”

儿子的突然出现，使林曦的哭声戛然而止。她愣了片刻，立即推开了儿子，分开人群跑了出去……只留下错愕的人们久久地伫立在那里。

断肠的记忆

“孙磊，快吃吧，还热乎的呢。”吴强端着两个饭盒走进寝室的时候，孙磊正躺在窗上看书。见他回来把书一扔，从床上一跃而起，饿虎扑食般的奔了过去……

“好！吃饭，饿死我了，什么饭?”“面条，今天的鸡蛋卤一定不错。”吴强边说边打开了饭盒，并把筷子递给了孙磊。孙磊一见饭盒里的面条脸色顿时变得煞白，紧接着便干呕不止……

“孙磊、孙磊你怎么了?”吓得吴强瞪着惊异的大眼睛，紧紧盯着一反常态的孙磊，不知所措地问。

“妈的，你小子成心给我添堵啊？你不知道我一见面条就恶心？还给我买面条?”孙磊说着，便瞪着两只喷火的眼睛，上前一把揪住吴强的衣领，气急败坏地摇晃了起来。

“我怎么知道？你又没告诉过我，放开我，你疯啦?”吴强也来了脾气，拼命地和他撕扯着。

“干吗？你们这是怎么啦，好好的怎么说动手就动手呢，快吃饭吧。”同学们也纷纷过来劝架。

“王八蛋，我告诉你，以后你再让我看到面条，我就和你拼命。”

可是孙磊还是不依不饶的，仿佛已经完全地失去了理智。吴强也不甘示弱，于是，两个人就像两只斗红了眼的公鸡扭在了一起。厮打中吴强的眼镜也掉在了地上，摔得个粉身碎骨。

“说，你们俩为什么打架?”很快他们就被老师请到了办公室。

在班主任李老师“钢针”般目光的注视下，两人已经变成了霜打的茄子。

“吴强，你先说!”

“放学以后他说头痛，想去寝室躺一会儿，让我到食堂给他打饭。等我把饭打回来他一看是面条就翻脸了，张口就骂我，还动手打我。”

“真是这样吗？”

“真的，老师，你看我的眼镜，没有眼镜我怎么学习呀？”吴强手里拿着那副支离破碎的眼镜，很伤心、很委屈地说。

“好，你先回去，听候处理……”

“你说说吧，人家好心好意地给你打饭，你为什么动手打人？”

吴强走了以后，李老师就把“钢针”刺向了孙磊。

“我不吃面条，他非给我打面条。”

“噢，你还挺挑食，你不吃面条就打人啊？不喜欢吃面条你可以先告诉人家嘛，你这不是无理取闹吗？”

“这不刚开学，我还没来得及告诉他们呢，我以前的同学谁都知道我不吃面条。”孙磊扬着脸，理直气壮地说。好像他不喜欢吃面条这件事，就应该人人皆知似的。

“好，那你说说，为什么不喜欢吃面条？”

一句话，又把孙磊给问耷拉了脑袋。

“说啊！你今天不给我说个真正的理由来，我绝饶不了你。”

在李老师“钢针”的逼迫下，孙磊沉吟了许久，才说出了一个既合情合理、又令人心酸的理由。

原来孙磊出生在一个贫困的家庭里，爷爷奶奶常年卧病在床。他爸爸为了挣钱就拼命地在工地上干活，结果累出了内伤，经常咳血，最后一病不起。他爸爸临死那天，说，就想吃一碗面条。没想到他妈妈刚把面条端到他爸爸的面前，爸爸又剧烈地咳嗽了起来，紧接着就喷出一大口的鲜血，然后便断了气。那口鲜血正好喷在了那碗还冒着热气的面条上，它给幼小的孙磊留下了一个断肠的记忆。以至于从那以后一看到面条，就会产生一种翻江倒海般的呕吐感和恐怖感。

“好了，别说了孙磊，我马上就向全班同学宣布你不吃面条，以后食堂再做面条，就事先通知你，允许你在外面吃饭。”

听完了孙磊的叙述，李老师的“钢针”也变得湿润绵软了起来。他轻轻地拍着孙磊地肩膀，十分同情地说。

“老师我错了，我不应该动手打人。等我有了钱一定赔吴强的眼镜，可我现在……”

已经冷静下来的孙磊，极其惶恐地低着头说。

“嗯，知道了，你先回去吧。”

第二天上课的时候，李老师向同学们宣布了孙磊不吃面条的原因以后，便把一副崭新的眼镜递给了吴强。

“吴强，这是孙磊赔你的眼镜，他已经为打你的事写了检讨，就请你原谅他吧。”

孙磊心悦诚服地望着李老师闪着智慧的“钢针”，眼睛湿润了，心也湿润了。

第五辑

夕阳下的风铃

心目中的经理

夜，万籁俱寂。房间里，只有孙旺发那跌宕起伏的鼾声。秋菊睁着眼睛怎么也睡不着，回想着旺发刚才的那一番如饥似渴的激情和缠绵，一丝幸福的笑意，渐渐地浮现在了她的嘴角。那种久别胜新婚的甜蜜，使她再一次地绽开了笑脸……

几声鸡叫把酣梦中的秋菊猛然惊醒。她翻身起来，边穿衣服边骂自己该死，生怕醒晚了，结果还是晚了。儿子就要中考了，正是学习紧张的时候，可千万别耽误了他的早饭。于是，她也来不及梳洗，便胡乱地洗了一把手直奔厨房……

吃早饭的时候，儿子小海看着低头使劲儿地往嘴里扒拉饭的旺发说：

“爸，我们该升高中了，学校让填表，你的职业怎么填啊？”

孙旺发放下手中的碗筷，望着秋菊和儿子那期待的目光，沉吟片刻，使劲地咽下嘴里的饭，才一本正经地说：

“咋填？你就填经理吧，你爸我现在是一家食品公司的副经理——再也不是臭工人了。”

“真的吗？爸，你这么快就找到工作啦？”

“那还有假，是朋友开的公司，让我帮忙，老子现在有的是钱，不信你们瞧……”

他边说边大步地走到了炕边，从昨天晚上穿回来的那件已经洗得有些发白的工作服的兜里，掏出了一大沓子钞票，往桌子上一扔，十分得意地拍拍儿子的肩膀：

“填吧，你放心好了，老子是不会给你丢人的。你只管好好学习，花多少钱爸都供得起。”

“老爸，你真棒，好！那我就这么填了，你们慢慢吃，我上学去了。”

小海惊奇地看着眼前的那沓厚厚的钞票，信以为真地夸赞着父亲。然后背起书包，吹着口哨高高兴兴地走了。

看着儿子深信不疑的神态，旺发自鸣得意地坐回饭桌前，大口大口地喝起碗里的粥。

“好啊，旺发，你明明还在做吹鼓手，为什么要骗儿子？”

“你懂什么？我这也是为孩子着想。他马上就要上高中了，如今的老师和同学都势利得很。如果让别人知道了他爸爸是个吹鼓手，那他在学校里还能抬起头来了吗？”

“哼！你就吹吧，也不怕吹露了馅！有本事真当经理。”

“当就当！等以后我攒够了钱，就自己开公司当经理，你等着瞧。”

孙旺发望着老婆那一脸鄙夷的神情很不服气地说。

孙旺发下岗之后，他就托朋友到处寻找工作，结果还是四处碰壁。万般无奈，他只好凭着自己从小就会吹唢呐的本领和几个朋友组织了一个鼓乐队，当起了吹鼓手。

“你先别唠叨，快去把我的唢呐给藏好了，千万不要让儿子看见，我休息两天就走。

“怎么刚回来，又要走？”

秋菊看着旺发鬓角又白了许多的头发，不禁有些心酸。

“孩子现在正是用钱的时候，不吹怎么办？”

八年以后，已经大学毕业，在一家银行里任职的小海，突然接到了母亲的电话。电话里秋菊吞吞吐吐地说：

“小海啊……你……你爸爸病了……家里已经没钱给他看病了，你要是有钱，就寄点来吧。”

“爸爸病了？前几天我给他打电话他还说身体挺好的呢。问他家里缺不缺钱，他还说不缺，他有的是钱，怎么现在就……”

“那都是你爸在骗你，其实他根本就不是经理，他一直都在给人家做吹鼓手，为了能够让你安心学习，他才一直撒谎。”

难怪爸爸总是穿着以前的破厂服，根本也不像个经理。小海心里说。

“你爸爸这些年为了供你上学，从来也不舍得抽烟喝酒。实在馋了就喝点勾兑的劣质酒，他根本没有钱，直到现在他还不让我告诉你……”秋菊说着说着已经泣不成声了。

孙海听了急忙放下电话，取出所有的积蓄，又向同事借了一些钱，便急急匆匆地往家赶，很快就把病情严重的旺发送进了医院。

“病人叫什么名字？多大岁数了？什么职务？”

“孙旺发，六十一，经理！”

在医生给病人填写病历问起父亲的职务时，孙海望了一眼沉吟不语的母亲，毫不犹豫地报出了这个他心目中父亲的职务。说完鼻子不禁一酸，险些掉下眼泪……

浴池里的故事

刘佳一进蓝天浴池就拧紧了眉头，不屑地瞟了一下四周，以一种贵妇人的姿态，迈着优雅的碎步直奔吧台，大声说，“搓澡加奶浴，有单间吗?”

“对不起，没单间了，如果要单间还得等半个小时。”服务员边给她拿用品，边礼貌地说。

“等这么久？算了，就洗大间吧！搓澡的多吗？我可不想等。”

“还行，你先请进吧!”

“什么话?”刘佳乜斜了服务员一眼，不满意地小声嘟囔着，眉头拧得更紧了。

浴池里蒸汽缭绕，闷热。刘佳紧皱着眉头，脱了衣服来到了淋浴笼头下，胡乱地冲了一会儿，就颠着一身肥肉，找了一张床躺了下来，闭着眼睛大声地喊，搓澡的快过来，我要搓澡!

搓澡工孙小惠刚给一位顾客搓完澡，气还没有喘匀呢，听到了她的喊声跑过来，轻声地问，“泡好了吗？今天人多，要不然你再泡会儿?”

“废话，没泡好我能让你搓吗？快搓吧！我还有事呢。”刘佳突然睁开紧闭着的眼睛，阴着脸不满意地说。孙小惠想，完了，今天又遇到个难伺候的主儿了。可她还是面带微笑地靠了过去，按照搓澡的程序轻轻地给她搓着。

“用点劲儿呀，你没吃饭吗!”刚搓了一会儿，刘佳就大声嚷起来，把正在聚精会神搓澡的孙小惠吓了一哆嗦。她没敢言声，不得不加大了力度。“哎呀，你干吗呀？干吗使这么大的劲儿，想搓死我呀你？你到底会不会搓澡啊?”她刚搓了一下，刘佳竟突然翻身从床上坐了起来，冲着她大喊。

“不是你让我用点劲儿的吗?”孙小惠没想到这个顾客会这么挑剔，紧盯着她那身白花花的肉，怯怯地说。

“你这人怎么这样呀？我让你用点劲儿，你就下死手啊？把你们老板叫来，再给我换一个搓澡的，我用不起你，不用你了还不行吗？”

“没有搓澡的了，那，那我再轻点儿，好吗？”

“哼！算我倒霉，花钱想好好享受享受吧，都享受不了。”刘佳狠狠地白了孙小惠一眼，一扭身，眼睛一闭，又直挺挺地躺下了。

孙小惠一边小心地搓着，一边委屈地看着眼前这堆白肉。人家有钱人就是好，花了钱到哪儿都可以耍威风，摆架子。唉！我什么时候要像她这么有钱就好喽。

“你到底会不会按摩？这手法也太勉强了吧？你是不是以为我没洗过澡呀？就想蒙事！告诉你，洗澡我可是内行，甭想糊弄我，你再不好好做，别说我不给你钱。”做奶浴的时候，刘佳又吹毛求疵。

“你觉得我哪里做得不到位，请直说好吗？我们挣几个辛苦钱也不容易，你那么有钱，可千万别跟我计较啊……”孙小惠赶紧赔着笑脸。

“嗯，这话说得还差不多，既然知道自己不容易，那就好好做。”刘佳闭上眼睛，十分惬意。那神态，仿佛自己是高高在上的皇后。

孙小惠看着刘佳盛气凌人的样子，想想自己天生就是这种伺候人的命，不禁悲从中来，鼻子一酸，差点儿流出眼泪，她极力控制着自己的情绪，提心吊胆地给她按摩着。

时间就在孙小惠这种忐忑不安的心情中一分一秒地过去了。半个小时之后，孙小惠终于给刘佳做完了按摩。她如释重负地吁了一口气，轻声说，好了，冲一下就可以了。刘佳仍一动不动地闭着眼睛躺在床上，似乎在回味，又像是睡着了。“做完了，你可以走了。”孙小惠见她不动，又放大了声音提醒着。

“知道了，我休息一会儿都不行呀？讨厌！”刘佳冷不丁地睁开眼睛，冲着孙小惠冷冷地喊了一嗓子，又把孙小惠吓了一哆嗦。刘佳便慵懒地翻身下床，一边狠狠地挖了孙小惠一眼，一边向淋浴笼头下走去。

“唉！刘佳，你到这里来搓澡啦？怎么不在海洋浴池干了？正好，给我搓搓吧。”刘佳刚走到淋浴下，就被一个女人给抓住了。

“嘘——小点声！素素，是你啊？没有，我还在那儿呢，我们浴池的锅炉坏了，放假，我也想享受享受搓澡的滋味，就来这儿了。”

天哪！她也是个搓澡工，原来我们是同行啊！

孙小惠恍然大悟，心里却像打翻了五味瓶，不知道是什么滋味。

飘香的臭豆腐

上了火车，刚一落座，刘健民就看见过道上挤过来一个满头大汗的中年男人。男人个儿不高，黑黑瘦瘦的，穿着一条发白的牛仔裤，一件褪色了的蓝布衫。两只手紧搂着怀里的一个黄布兜——好像兜里装着几万元钱似的。

他挤过来后，就站在健民的对铺，看了看手中的票，又看了看健民，咧着嘴嘿嘿一笑，说，就这，就这。边说边撩起衣襟迅速地抹了一下脸上的汗，便一屁股坐在了铺位上。

他一过来，健民就闻到了一股刺鼻的臭味儿。而且这股臭味儿随着他的落座，也变得愈加的酽浓了。“什么味儿啊？这么难闻？”健民不禁皱着眉头，捂着鼻子盯着他疑惑地问。“是啊，这是什么味儿啊，这么难闻？”……与此同时，几乎周围所有的人都掩着鼻子把视线投向了中年男人。

中年男人忙用手搂紧胸前的破兜子，点头哈腰地看着大伙儿说，“臭豆腐，臭豆腐，俺在工地上没吃了，不舍得扔就带回来了……因为俺娘也爱吃这个……嘿嘿……可，可能是瓶子没拧紧，洒了汤……臭豆腐闻着臭，吃着香，闻惯了就好了……不好意思，不好意思……”他一边讪笑着跟大伙儿解释着，一边用手紧紧地捂着怀里的包——好像怕别人抢跑了似的。

“臭豆腐哪儿没有卖的？大老远地捎那玩意儿，污染空气，烦人！”看到他那副紧张兮兮的样子，对过中铺的那个油头粉面的小青年捂着鼻子没有好气地说，那神态像见了瘟神似的。

“俺不是没舍得扔吗？俺娘病了，花钱的地方多着呢，俺在工地上干了三年的活儿也没有开过几回工资……俺一个农村人，哪能和你们城里人比，这臭豆腐就……”

“没钱还坐卧铺？谁信？”

“这，这是别人硬让给俺的，他是俺的老乡，买了票临时有事，又不走了……俺可舍不得坐卧铺。”

“去去去，别叨叨了，烦人！我困了，想睡觉！”小青年不屑地打断了他的话，捂着鼻子，一翻身，脸冲里，就扔给了大伙儿一个后背。

农民工伸着脖子，看了看小青年冰冷的后背，不好意思地吐了一下舌头，就把目光转向了正在看热闹的健民。健民只是轻蔑地睃了他一眼，便打开随身携带的笔记本电脑，登录了 QQ，找到了正在和他搞网恋的网友，就缠缠绵绵地聊了起来。

随着火车的开动，刚才那股酽浓的臭豆腐味儿也清淡了许多。于是，大伙儿的注意力也渐渐分散了。火车行驶了半天，农民工才小心翼翼地把怀里的包放到了枕头边，然后就抻着脖子盯着健民的笔记本电脑，好奇地问，

“哎！这是什么东西？干什么用的？”

“……笔记本电脑，上网用的！”健民淡淡地说。

看着健民那着迷的样子，他又不解地问，

“上网什么感觉？晕不？”

“不晕，开心……”健民已经被他问得不耐烦了，眉头拧得像麻花似的。还没等他说完，中铺那个小青年就翻身扭头看了他们一眼嚷道：“连上网都不知道，真是个土老帽儿！别絮叨了！还让人睡觉不？”他的话把农民工吓得一激灵，便斜躺在铺位上不言声了。

健民虽然觉得小青年有点过分，但因那股驱之不去的臭味儿，也对农民工有些反感。见他不再打扰自己，心中一阵窃喜，便又废寝忘食、天南海北地和网友胡侃了起来。

第二天早晨，健民睡得正酣。就听见有人大喊，“站住！快来人哪——有人偷电脑了——”

健民悸然一颤，立刻腾身而起，往床头一看，自己的笔记本果然不见了。他循声望去，只见前面不远处的过道里，那个农民工满脸是血地躺在地上，双手正紧紧地抱着小青年的大腿——小青年的手里还拎着健民的笔记本电脑。

“乡巴佬——放开我——少管闲事——再不撒手我宰了你！”小青年见农民工搂着自己不肯放手，就连踢带踹地威胁着。可不管他怎么踢打，农民工就是抱着他的大腿不放。小青年已经恼羞成怒了，只见他迅速地掏出一把匕

首，就狠狠地向农民工捅去……

“住手！快来人啊——抓小偷啊——”

见此情景，已经赶到近前的健民，忙大声地断喝道，然后又一把揪住了他的衣领，夺去了他手里的匕首。

两个人的喊声惊动了许多旅客，他们也纷纷地围了过来，帮着他俩抓住了那个小青年……

小青年很快就被闻讯赶来的乘警给带走了。等健民陪着农民工包扎完了伤口、洗净了脸上的鼻血回来以后。他抱着失而复得的电脑，看着农民工受伤的胳膊，十分感激地问，“痛不?”“不痛!”农民工依旧憨笑着。“你的臭豆腐是王致和的吗?”真香啊！嗯！农民工深深地点了点头，笑得更憨了！

塑造一生的爱

河岸的风很大，也很冷。我不由得打了个冷战，扯起风衣的领子，把脖子往里面缩了缩，同时也加快了脚步。我找了半天，才在一个很僻静的河滩上找到了父亲。父亲坐在石头上，正在那里专心致志地玩泥巴——河滩上的淤泥，已经被他捏塑成各种各样的造型，一一陈列在瑟瑟的秋风里。父亲捏塑的东西有泥人、泥牛、泥车、泥碗、泥盆……

最近，我已经不止一次地发现，爸爸到河边玩泥巴了。问他为什么喜欢玩这个，他不是不吭声就是说，我喜欢泥巴的味道。我觉得爸爸随着年龄的增长，变得越来越古怪了。这使我感到他很陌生，也很无奈。他不但经常莫名其妙地发脾气，而且还特别的敏感多疑、狭隘自私。他的乖戾常常让我担心，他可能有老年痴呆症的倾向。

“爸爸，天这么冷，您怎么还到这儿来玩？当心着凉。以后再也不许您到这儿来玩了，您如果实在想玩，我就带您到陶吧里玩吧？”见到爸爸，我急忙奔了过去，把他从地上扶起来很生气地说。

“陶吧？陶吧是什么地方？”父亲边扎撒着沾满泥巴的双手，在我的搀扶下慢吞吞地挪着，边茫然不解地问。

“陶吧就是捏泥人的地方，等我带您去看看，您就知道了。”

“我不去，我就喜欢在这里捏，这儿随便！”

“马上就要立冬了，您想来这儿捏，也捏不成了。”

“捏不成就不捏了，我喜欢到这儿，是因为这儿是我和你妈妈小时候经常来玩的地方。那时候，我们在河里洗澡，捞鱼……在河边捏泥人、玩泥娃娃……”父亲说这话的时候，两眼深情地凝视着那条烟雨迷蒙的河岸，仿佛已经看见了他们小时候在这里嬉戏的情景。

“爸爸，您又想妈妈啦？”

“唉！你妈她命苦啊，跟我没过上一天好日子，就……”父亲说着说着，眼圈就红了。见他如此难过，我也不敢再言语了。

其实，在我的印象中，爸爸妈妈的感情并不是很好，从我记事那天开始，他们就经常吵架。后来，妈妈又莫名其妙地疯了；再后来，她又在一次发病的时候，跑到大街上，横穿马路，被车撞死了。妈妈死的时候，我只有七岁。是爸爸，既当爹又当妈，把我拉扯大的。

入冬以后，在我和爱人的极力劝导下，爸爸还真同意我把他带到了陶吧。开始他还不习惯，渐渐地竟玩上了瘾。那家陶吧，离我家不远，生意很好，老板待人也很热情。每天下午上班时，我就把他送去，下班后再把他接回来。

刚去的时候，他就像在河边那样什么都捏，后来就只捏泥人。每天都捏成双成对的男女——他们不是牵手凝视，就促膝谈心……那种手牵手、肩并肩的亲昵情态，很容易让人想到一对恩爱的夫妻——这对夫妻不是别人，就是我的父母。

我知道，父亲还在思念母亲，他是把对母亲的思念和爱，都雕塑在这一对对泥人里了。妈妈虽然死得早，可相貌和神态对我来说，仍是记忆犹新的。怕父亲羞于承认，刚开始我不敢说。等他把那一对对泥人塑造得活灵活现、惟妙惟肖的时候，我还是忍不住地戳穿了这件事。

“爸，您是不是又想妈妈了？您每天都在捏她、想她，她泉下有知，也会被您的深情感动的。”有一天，去陶吧接他回来的路上，我有意无意地说。

“不，我欠她的太多太多，她不会感动的。她就是泉下有知，也不会原谅我的。”没想到爸爸听了我的话，竟然很难过地说。

“不会的，她死了之后您一直未娶，始终都在想她——对了，爸爸，我一直都不明白，妈妈是怎么疯的？您能跟我说说吗？……”

见我提到此事，爸爸竟然一怔，沉吟了良久，才期期艾艾地说，“这，这也是我最对不住你妈妈的地方，本来想瞒你一辈子的，可今天你既然问了，我就跟你说说吧。”

“我和你妈妈是两小无猜、青梅竹马，结婚以后一直非常恩爱。可就在你四岁的时候，我们单位调来一个女出纳员，我是会计，她就坐在我的对面办公。或许是因为她太漂亮，或许是日久生情。后来我竟为了她和你妈妈闹离婚，你妈妈受不了这个打击就疯了——后来又……唉！我浑啊，我对不起你妈妈啊！”爸爸捶胸顿足地说。

直到此时，我才明白，爸爸妈妈当年为什么经常吵架了。见爸爸那痛心疾首的样子，我心里也很难过，正想劝他几句，却见他用手指着马路那边，一个卖杂货的老太太说，

“喏，我当年就是因为她，才和你妈妈闹离婚的。”

我顺着爸爸的指引望去，就见一个满脸风尘的老妪，正穿过车水马龙的街道，向这儿遥望。

“唉！这人啊，或许只有活一辈子，才知道自己的真爱……”

就在我心里五味俱全、百感交集的时候。爸爸的叹息声又悠悠地传来。

那以后，爸爸依旧经常到陶吧里去捏泥人。可忽然有一天，他老人家却在捏泥人的时候，心脏病突发，猝然长逝了

他捏的那一对对泥人，却永远珍藏在我的家里。

夕阳下的风铃

在每天放学的路上，小芹都会听到一阵清脆悦耳的风铃声。这声音让她感到非常的舒心惬意，伴着这一节奏悠扬的旋律，她的脚步也变得格外的欢快轻松。

开始她并没在意，等她不经意间就被这一声音陶醉后，她便忍不住寻找它的来源。顺着声音望去，她看见马路边那片斑驳的树影下，一个小杂货摊上，有几串风铃正在夕阳下随风摇曳，低吟浅唱。

她情不自禁地向那里走去，随着距离的拉近，那些风铃也愈加地欢呼雀跃了起来。卖风铃的是位六十多岁的老奶奶，一头花白的头发在风中飞舞着岁月的沧桑，阡陌纵横的脸上写满了生活的无奈和忧伤。

站在杂货摊旁，十四岁的小芹仰着惊奇的小脸，把那几串风铃欣赏了个够。又禁不住地看着老奶奶，怯怯地问，“风铃多少钱一只？”奶奶似乎早已看穿她的心思，略一迟疑，轻声地说，“两元一只，你要成心买还可以便宜点。”“啥？两元？不买不买！”小芹听了，一吐舌头，涨红着小脸，把脑袋摇得像拨浪鼓似的说。然后，就转身一步三回头地走了。

两元钱，对于家境贫困的小芹来说，就意味着她得在三个夏天不买冰棍吃，才能积攒下来这么多的钱。五分钱一只的冰棍，她每年夏天也吃不上十只呢。

从此后，小芹每天放学路过奶奶的杂货摊时，都会忍不住向那些风铃投去深情而眷恋的目光。日复一日，她就在这种眷恋的情怀中与风铃的和弦里，走过了无数次放学回家的路。

秋后的一天，小芹因做值日耽搁了时间，放学回来天就快黑了。经过老奶奶杂货摊的时候，远远地就看见她拉着那辆破旧的手推车，吃力地往前走着。她那佝偻羸弱的身躯，犹如一片干枯的树叶，在秋风中瑟瑟发抖。小芹禁不住快步追上前去，从后面帮她推车子。

小芹的一臂之力，使车速加快了许多。走前面的老奶奶感觉到有人在帮她，便迅速地转过头来，一看是小芹，那呆滞浑浊的双眸顿时放出光彩。"谢谢你，好孩子，今天怎么才回来？""我今天做值日，奶奶，怎么每天您都是一个人出摊收摊呀，家里没人帮你吗？"

"唉，儿子去参加自卫反击战了，家，家里就我老太婆一个，没人帮我。"老奶奶边喘着粗气边吃力地说。她那苍老的声音在寒冷的晚风中显得格外的悲凉。

"奶奶，不要紧，以后我每天放了学，先在学校做会儿作业，然后再来送您回家。"善良的小芹，听了奶奶的话，急忙这样安慰着她。"不行，你回家晚了妈妈会责怪你的。没事，我会跟她说明白的。""哦，那就谢谢你啦，你心眼真好……"老奶奶的话还没有说完，又在冷风的刺激下剧烈地咳嗽了起来。

"闺女，进去歇会儿再走吧。"小芹把奶奶送回家的时候，夜幕已然降临，等把车放好，奶奶十分感激地说。

"不啦，时候不早了，我也该去了，奶奶，明天见！"小芹说完转身就想走，却又被奶奶叫住了。

"哎，等等，这只风铃就送给你吧，我知道你喜欢这玩意儿。"奶奶从车上拿出一只风铃笑着说。

"不，奶奶，我不要！好声音是可以分享的，在您这里我一样可以看到风铃，听到它的声音。"小芹忙摆手拒绝了。

就这样，小芹每天放学后，都会在火红的夕阳下，伴着欢快悦耳的风铃声向老奶奶的杂货摊走去。然后帮她收摊，送她回家。老奶奶每次看见小芹，苍老的脸颊就笑成一朵盛开的菊花。

转眼间就到了十月一，学校放了一周的假。正赶上秋收，小芹就在家里帮着妈妈干了几天农活。上学的那一天，小芹放学后再去送老奶奶回家的时候，却没有在她摆摊的地方看见她。这让她感到非常的失望，老奶奶是不是病了呢？我还是去她家看看吧。小芹边想边向老奶奶家走去。

等到了奶奶家，那几间低矮陈旧的茅屋却紧锁着。就在小芹站在门前不知道如何是好的时候，从奶奶家的隔壁走出了一个中年妇女，她大声地问，“你是来找李婆婆的吧？她前两天心脏病复发已经去世了。”小芹闻言，悸然一颤，眼睛也不由得湿润了。女人说完又转身回去，从屋里拿出一只风铃，递给小芹说，“喏，这是李婆婆临死前让我交给你的。”

小芹手捧着那只风铃，眼前再次浮现出那朵饱经风霜的菊花，禁不住泪如雨下。

第二年的清明节，小芹去祭扫李奶奶的时候，却看见一个穿军装拄拐杖的男人，久久地伫立在她的坟前。男人的一条空裤腿，就像一面猎猎的战旗，在空中不停飘舞着，仿佛在诉说一个动人的故事。

小芹在那张英俊的脸上，读到了无限的悲伤和无比的刚毅。

从此，那张刚毅的脸和夕阳下的那些风铃，便永远地定格在她的记忆里。

好想回到从前

我不知道昏睡了多久，等我醒来的时候，却发现是在别人的腹腔里了。我艰难地跳动了几下，竟听到我新主人痛苦地呻吟声。我好奇地看了一眼这个因极度痛苦脸都变得有些扭曲的新主人，却对这个陌生丑陋的女人产生一种厌恶，同时也深深地思念起我的那个漂亮而单纯的老主人了。于是，我更强烈地跳动了起来，任凭这个丑陋的女人在痛苦中挣扎着、呜咽着、呻吟着。

我是一个右肾。主人米雪是一个单纯、任性的十五岁女孩。有一天，正在上初三的她，因一件鸡毛蒜皮的小事和同学发生了争执，被老师说了几句。记得她当时很激动，也哭得非常伤心。后来她就找了个借口——说自己不舒服，请假从学校里跑了出来。

出来后她又不想回家，就跑到了一家网吧上网。

其实那时候国家就有规定，网吧是不允许未成年人上网的。可这家网吧，却在它的公开营业厅之外私设了一个密室。唯利是图的老板，把来他的网吧上网的未成年人都安排到这里上网。为了防备检查，还设置了其他出口。

主人刚上网的时候，只会浏览网页和听歌，后来又学会了游戏和聊天。渐渐地她就上了瘾。于是，我便一次次地伴随着她，以各种理由和借口瞒过老师，骗过妈妈，走进这家网吧。也一次次在那种亢奋冲动的状态中恋恋不舍地离开网吧。为什么会这样呢？原来有几回主人在上网的时候，一打开浏览器，就会蹦出许多的黄页。那些男女激情缠绵的镜头，让她感到无比的激动和好奇。既想看又不敢看。她虽然也意识到这种行为是应该克制着的，可她还是抑制不住自己的好奇和冲动，一次次地去看。一看就是大半天。后来她又和一个网友搞上了网恋。聊了几回天，他们就见面了。这个男的名叫高俊，不但比她大六七岁，而且还没有什么正当职业。不久他们这对在网上爱得轰轰烈烈的男女，就再也不能满足那种镜花水月似的网恋。于是，便把他们的爱情发展到了现实生活中了。

这一情窦初开的恋情使主人陷得很深，慢慢地，她上课的时候总是走神，学习成绩也一落千丈。后来老师把她的情况告诉了家长，主人的妈妈非常气愤。也不了解一下主人学习成绩下降的根本原因，就不分青红皂白地把她打了一顿。记得她当时哭得特别伤心，就跑到公用电话亭里打了个电话，把高俊约了出来，并向他倾诉自己的委屈和痛苦。

高俊很善解人意，对主人百般劝解、千般怜爱。还带她来到一家很有档次的饭店奢侈了一回，使她的虚荣心得到了极大的满足。于是就在那天晚上，我和主人就一起沉浸在高俊那如火如荼的爱情里不能自拔了。我和主人一起与高俊在缠绵中亢奋着，在亢奋中缠绵着。一直到不得不分开的时候，主人才异想天开地提出了一个让我都感到吃惊的想法。

“高俊，你带我走吧，我再也不想回那个家了，回去又要挨打！”

“你不会是想让我带你私奔吧？”高俊有些为难了，迟疑了半晌才说。

“对，我爱你，只要能和你在一起，即使到天涯海角我也愿意。”

主人用胳膊死死地缠着高俊，把她的香吻一次次地印在他的脸上。

“你还别说，我正好有去深圳打工的想法，外面的世界很精彩呢！你既然愿意，那我就带你一起去吧。”主人的热吻终于击败了高俊，他妥协了。

“愿意，愿意！当然愿意！”主人毫不犹豫地答应着，幸福地偎依在高俊的怀里，像一只温顺欢快的猫。

几天后我鬼迷心窍的主人，便带着我跟着高俊一起来到了深圳。安顿下来以后，所剩无几的他们就决定早点找份工作。

一个艳阳高照的早晨。他们在找工作的途中，主人突然感到有些内急，说想去卫生间让高俊等她。主人刚进了卫生间，就发现随后跟进来了一个推着清洁车的女清洁工。这个清洁工趁主人不注意，用锤子一下把她敲晕。然后便迅速地把她装进清洁车里，堂而皇之地拉走了。渐渐地我也失去了知觉，后来发生的事情我就不知道了……

在新主人的肚子里我感到非常的痛苦和压抑，我根本无法适应这个新的生活环境。我非常想念我的主人，也很想念我的弟弟——左肾，同时也痛恨起了那家把我主人引入歧途的网吧来了。如果不是它非法经营，我和主人还有我的弟弟也不会落到今天这种骨肉分离的下场。

我不知道自己在新主人的腹腔里艰难地生存了多久，我只知道这种生存对我来说每一分钟都是一种痛苦的煎熬。看着躺在床上奄奄一息的新主人，我知道我生机已经不多了，就在我即将失去生命的那一刻，我只想向我的主人米雪大声地呼喊，我好想回到从前！

听不到的忏悔

初中开学的第一天，林涛就遇到一件倒霉事儿：面对陌生的环境，陌生的师生，他一时很难适应，所以心情非常郁闷。放学后他就耷拉着脑袋，闷闷不乐地往家走。出了校门没走多远，就听到有人大声地喊：“站住！别走了！把钱交出来！”他吃了一惊，急忙抬头，却看见一个又粗又壮的男生，黑塔般地伫立在自己的面前。

他叉着腰，仰着眉，一晃脑袋，挑衅般地对林涛说：“哥们儿最近手头有点紧，把你的钱借我点花吧。”

“有这样借钱的吗？你想打劫呀？不给，没钱！”林涛气愤地说。

“我一直都这样借钱的，没钱可以，没钱有拳头……”

还没等林涛说话，对方的拳头已经雨点般地落在了他的身上。看热闹的学生虽然不少，却没有管“闲事”的。林涛本想跟他对抗，却深知自己不是他的对手，只好带着哭腔说：“有有有，别打了，就这些，全给你！”他边说边把兜里的零花钱全掏出来给了他。

“这还差不多，记住，你敢把今天的事告诉老师或校长，我就废了你。”男生接了钱，把两根指头叉成剪刀状，往他的裆部一指，一梗脖说。吓得林涛忙夹紧双腿，打了个冷战。男生看着林涛那副窝囊样，“嘿嘿”一笑，轻蔑地骂道：“孬种！”说完一挑眼眉，摇着书包转身就向路边的一个网吧跑去。生性懦弱的林涛，没敢言语，只是望着他的背影，揉着被打痛的部位，直咧嘴。

没想到这事儿并没有结束，那以后男生就隔三差五在学校附近截他，管他要零钱花，他稍有不从就遭到一顿毒打。有时他实在没钱也只能挨打。后来他听说，那个男孩名叫周耀武，是初三的。他仗着自己人高马大，就经常欺负低年级的学生，抢他们的零花钱花，没想到这种事竟被自己摊上了。这件事搞得他心情很差，也产生强烈的厌学情绪。

昨天放学的时候，老师说学校要统一订购几本课外辅导书，让他们每人交三十元钱。今天放学时老师却因家里有事，提前走了，通知他们明天再收钱。因为兜里揣着钱，放学回家的路上，林涛就怕碰上周耀武。所以他走得很急很快——恨不能插翅飞回家。不承想怕啥来啥，他没走多远，就被周耀武堵个正着。

等林涛乖乖地把钱交给了周耀武以后，就十分沮丧地坐在马路牙上，望着川流不息的车辆发傻。他恨自己的软弱，恨自己怎么就打不过周耀武哪？他不知道自己该怎么办了——他不知道回家该如何张嘴要钱……他真想躺在马路上，让汽车撞死算了

“喂，小涛，坐在这儿干吗？”就在这时，突然有人拍了一下他的肩膀，把他吓了一跳。抬头一看竟是表哥。

“表哥，是你啊，你这是？”不知道为什么林涛一见表哥，眼睛就有点湿润了。

“我进城办事，路过这儿，就看见你——你怎么了？是不是受人欺负了？”

“我，我……”像受了委屈的孩子，林涛在表哥的追问下，就把他最近的遭遇一股脑地告诉了表哥。

“原来是这样啊，现在的人都欺软怕硬，就你这么窝囊不受欺负才怪，快告诉我那小子在哪家网吧？我帮你教训教训他！保证他以后再也不敢欺负你了。”表哥听了一拍胸脯说。

林涛见表哥要替自己出气，心里非常高兴，便带着他来到了周耀武经常去的网吧。他们进了网吧，很快就找到了正在打游戏的周耀武。找到了目标，表哥就悄悄地对林涛说：“在这里打架不好，咱先玩一会儿，等他出去了再收拾他。”林涛会意，就要了两台机子，边上网边等周耀武。

夜幕悄然降临，天黑以后周耀武玩够了才起身离开网吧。见他走了，林涛和表哥就跟了出去。周耀武出了网吧也不往两边看，就闷着头沿着马路一直往前走，似乎还沉溺在刚才的游戏里不能自拔。

“走，咱这就去教训他！”表哥一拉林涛的衣襟，示意他快走几步。林涛忙加快脚步和他一起向周耀武追去。就在这时，一辆汽车疾驰而来，冲着低

头走路的周耀武就撞了过去……

“闪开——”随着一声刺耳的急刹车，周耀武已经被林涛推到路边，而他自己却倒在血泊里……

“啊？怎么是你？”等周耀武反应过来，奔了过去，才认出林涛。这时的林涛已经不省人事了。

“对不起啊，对不起！我真不该那样对待你……”周耀武一把抱住林涛那血肉模糊的身体，歇斯底里地号啕着，任凭林涛表哥的拳头劈头盖脸地落下……

取不走的蛋糕

那是一个雪花纷飞、寒风刺骨的早晨。我刚来到店里，就看见门口有一个女孩向里面张望。女孩十二三岁的模样，穿着一件破旧的羽绒服，扎着两根马尾辫，围着一条褪了色的花头巾。她闪着两只乌黑的大眼睛，把我们店里柜台中陈列的那些蛋糕和蛋糕模型反复地看了几遍，一张冻得通红的小脸充满了好奇。她看完了那些蛋糕，又使劲地咽了下口水，然后又看了看正在打扫卫生的我，迟疑了良久，又拽起放在墙根的一条麻丝袋子，恋恋不舍地走了。透过厚厚的玻璃窗，我观察了她半天，一开始我还以为她是要饭的呐，当看到她拉着那个装着破烂的麻丝袋转身离去的时候，才知道她是一个拾荒的。

见她犹犹豫豫地离开了，我又继续打扫卫生。就在我准备出去打扫一下门前的积雪时，又见她踅了回来。她站在门口，迟疑了片刻，似乎鼓了很大的勇气，才推门走了进来。我见她进来了不禁厌恶地皱了下眉头，心想，“一个捡破烂的莫非也要买蛋糕。”这时，她已经跺了跺脚，扑落了一下身上的雪花走了过来，望着我怯怯地说，“阿姨，你们这儿最小的生日蛋糕，多少钱一个?”“我们这里最小的的生日蛋糕是五寸的，二十元钱一个。”

“哦，阿姨，我，我只有这五元钱，能便宜点吗?”女孩伸出龟裂的小手，摊开一把零钱说道。

“不行，只能便宜五元钱，再多了我做不了主，得问我们老板。”

“那你们老板呢?”女孩环顾了一下四周轻声地问。

“她还没来呢，下这么大的雪估计她不来了。你还是走吧，我们这儿根本没有五元钱的生日蛋糕，想吃生日蛋糕就把钱攒够了再来吧。”我耐心地解释着。

“我，我妈得了癌症，医生说她活不了多久了，明天是她三十八岁的生日，这也许就是她最后一个生日了，阿姨，你跟你们老板说一下，就卖给我一块生日蛋糕好吗？我爸爸为了给妈妈挣钱治病，长年在外打工，我也上不起学了，在家边捡破烂，边照顾妈妈，家里实在拿不出这么多钱，那十元钱我先欠着，等我攒够了钱就一定还。”

“这不行，我们店里从来都不赊账的，跟她说她也不会同意的，你就别为难我了。”

“求求你了阿姨，您就给你们老板打个电话，跟她说说好吗？”女孩闪着她那乌黑的大眼睛紧盯着我，近乎呜咽地说，清瘦通红的小脸愈发得涨红了。那时，我分明看见她的眼中有泪光在闪。这泪光闪得我鼻子发酸，闪得我心惊胆寒。我无法抗拒这双泪眼的恳求，只好拨通了老板的电话。

“不行，国有国法，店有店规，你怎么敢给我开这个先例哪？你不想干了吧？”没想到，老板还没等我把话说完，就厉声打断了我的话。我万万没想到老板这么不近人情，只好挂了电话，望着女孩摇摇头说，“你也听见了，钱不够，蛋糕你是拿不走的……”看着女孩的那双黯然失望的大眼睛，我顿生悯惜之情，又十分同情地说，“要不这样吧，那十元钱我替你垫上，你明天就按时来取蛋糕吧，让你妈妈过一个高高兴兴的生日。”“那好，那就谢谢阿姨了，等我有了钱一定还给你。喏，这些钱先给你，我明天下午就来取蛋糕。”女孩说着，就把手里的零钱都塞给了我，千恩万谢地说。“钱就不用还了，你明天就来取蛋糕吧。”我开了收据，递给她说。

“那不行，您也不容易，您要是不让我还，我就不要这个蛋糕了。”女孩依然坚持着。

“那好吧，等你有了钱再还我。”万般无奈我只好答应了她。

“阿姨您真好，谢谢您，您忙吧，我走啦。”女孩接过收据，再次向我表示谢意，然后才心满意足地走了。

第二天的下午，我等了好久也没看见女孩来取蛋糕。莫非是她忘了？要不然就是我上当了……随着夜幕的降临，我不禁犯了嘀咕。就在这时，店里的电话铃声骤然响起，我急忙抓起电话，就听到电话那头传来一个沙哑的声音，“阿姨，对不起，让您等急了吧，我，妈妈今天上午去世了，我一难过就把蛋糕的事给忘了……这会儿我才想起来，就按照收据上的地址给您打了电话，那个蛋糕我不要了，看见它，我会难受的，您就，您就……”女孩说着已经泣不成声了……

我本想安慰她几句，可女孩已经挂了电话。

我放下电话，望着那个已经包装好了的生日蛋糕，不禁一阵酸楚……

第六辑

都是寂寞惹的祸

上错了餐桌的鱼

都是寂寞惹的祸

不想长大的孩子

开在石缝里的鲜花

……

上错了餐桌的鱼

我是碧湖里的一条鲤鱼，我和我的家族长辈以及兄弟姐妹一直都幸福栖息在这片美丽富饶的水域里。今天凌晨我睡得正香，突然电光一闪，随着一阵痛彻骨髓的悸颤，我倏然昏了过去……

等我醒来，却发现自己和兄弟姐妹们正躺在一条渔船上。船上有个头戴斗笠的男人正高兴地对一个女人说："发财了！发财了！今天真顺利，电到了这么多的鱼。正赶上母亲节，一会到市场上准能卖个好价！"他说这话时眼角的皱纹都舒展开了，仿佛已经看见了一沓沓的钞票。"你别高兴得太早，当心遇到湖管会的人，听说他们现在管得可紧了。""不怕，那些人我基本上都熟，再说咱也没少孝敬他们，大不了再给他们几条鱼。"男人说着，禁不住加快了摇船的速度。渔船乘风破浪，飞快地行驶在烟波浩渺的碧湖上。任凭我们在寒冷的晨风中痛苦地挣扎着，艰难地喘息着。

果然，船没走出多远，就听见了女人呼喊："不好了，老程，你看前面有一艘汽艇，不会是湖管会的吧。啊？""还真是，别慌，我来应付他们。"转眼间汽艇就来到渔船前，绕着渔船飞快地转了两圈，显然他们已经发现了我们。随后就听见有人冲着渔船大声地喊着："老程，你他妈还要脸不？说过不允许电鱼的，你怎么还电？""嘿嘿……原来小高和小吴呀，这不最近手头又紧了嘛，就这一次，下不为例，下不为例！""这话你已经说过一千次了，还有完不？""有完，有完，哪能没完呢？来这几条鱼就孝敬两位兄弟了，今天是母亲节，正好拿回家孝敬孝敬老娘……"老程一边嬉皮笑脸地说着，一边把我和另外几个兄弟扔到了汽艇上……

于是，我便在老程点头哈腰的笑容里，又一次地昏了过去。

等我醒来，就发现自己已经躺在一个干净的水池子里。同时也听到了一个女人嗲嗲的说话声："喂，张浩，我在妈这儿，那几条鱼我拿这儿来了。什么？想送给你妈？你妈是妈，我妈就不是妈啦？我不管，今天你必须得过来陪我妈过节，姐姐、姐夫马上就到。你妈那头可以找个借口嘛，你不想要头上的乌纱帽啦？别忘了你可是通过我妈的关系才当上会长的。就这么定了，我们还等着你来做鱼呢……"女人说完，就关了机，睃了一眼水中的我们，一扭屁股就走了。

十五分钟以后，果然来了个油头粉面的男人。他站在水池旁，无奈地叹了口气，死死地抓住我的一个兄弟说："本想把你们几个拿回家孝敬我妈的，没想到半路里杀出了一个程咬金——唉，你说她上着班怎么突然又跑回家了呢。这小吴和小高也真够笨的，转悠了一早晨就搞到这么几条鱼。"男人边说边用剪刀狠狠刮着我兄弟身上的鳞，看着兄弟痛苦痉挛的身体，吓得我不停地战栗……

就在这时，男人的手机骤然响起，吓得他一激灵，他忙放下剪刀用水冲了一下手掏出手机，刚才那个女人闻声也凑了过来……"喂，妈，对，我知道今天是母亲节，我是答应过回家陪您过节的，礼物我都买好了，可临时又有了任务，就不能回去了。明年吧，明年我一定回去陪你过节。什么？爸爸的老病又犯了，哦……这……我今天真的回不去……我一有时间就和孙娇回去看你们，好，就这样啦，我还有事，嗯，再见……"男人瞟了一眼女人那张阴沉的脸吞吞吐吐地说。"你妈可真是的，净找事，讨厌！时候不早了，快收拾鱼吧。"女人白了男人一眼，不满意地嘟囔着。"这点儿活，马上就得，你快回屋歇着去吧。"男人匆匆地挂了电话，满脸堆笑地说完，便再次拿起剪刀，向我的兄弟扎去……

转眼间我们兄弟几个就被他弄得开膛破肚、鲜血淋漓了，这次我也彻底地昏死了过去。随着一阵滚烫的熬煎，我的灵魂渐渐脱离了肉体，我看到自己被端上了一个菜肴丰盛的餐桌。

"来，今天是母亲节，让我们一起举杯祝妈妈母亲节快乐！"女人嗲嗲的声音再次响起。就在我感到自己即将消失的那一刻，我真想再一次回到清澈澄明的碧湖里。

都是寂寞惹的祸

每天，他都会站在阳台上，望着儿子、儿媳和孙子，坐上小区门前的1路公交车去上班上学。然后，他仍然久久伫立在那里，看着小区里的人们坐着各路公交车纷纷地离去，便抬起那粗糙的老手，使劲地揉揉有些酸痛的眼睛，才慢慢地转身进屋，独自一人守着空荡荡的家和那台他一点也不感兴趣的电视，打发着漫长而枯燥的日子。自从老伴去世，儿子从农村把他接到城里，他天天如此。

四楼很高，刚开始站在阳台上往下看的时候，他就眼晕，慢慢地才适应了。看着街道上那些川流不息的人流和车辆，他就不由得想起以前在田边看蚂蚁。他觉得这些忙忙碌碌的人们就像那些忙忙碌碌的蚂蚁，而自己就是一个孤独的旁观者。儿子接他来的时候，说让他安享晚年。在他看来这不是享受晚年，分明是忍受寂寞。

实在太闷得慌了，他也会下楼转转。可他觉得上下楼那别扭劲，还真不如以前在地里干半天活舒服。人们都上班以后小区里很安静，很难看到闲人。转了半天，他也只能顺手捡来几张小广告，再踅回来。

出于好奇，中午吃饭的时候，他就问儿子，你们每天坐的公共汽车得花多少钱啊？不多，一元钱，想去哪里就坐到哪里。儿子轻描淡写地说。是吗？那还真不贵。嗯，有的人为了解闷，看风景，还故意花钱坐公共汽车到处转呐。哦，是吗？真新鲜。

儿子的一句话竟然提醒了他。下午，等儿子和儿媳上班了以后，他稀里糊涂地看完一个电视剧，便寂寞难耐地走了出家门。也学着儿子儿媳们的样子，站在小区前的那个站牌下等公共汽车。心想我也坐1路吧，说不定还能看见儿子儿媳的单位和孙子的学校呢。

等他上了公共汽车，学着别人把钱投进门口放着的那个铁箱子里以后，就有人给他主动让座。这让他很感动，连日来那颗苍凉孤寂的心也随之温暖起来。于是，他便在司机后面的座位上坐了下来。

这还是他第一次坐公共汽车，心里未免有些紧张。刚开始他东瞧瞧西看看，满眼的好奇。看着窗外那些川流不息的车辆和应接不暇的风景，他感到自己的确很土气很可怜。他就这样一站接着一站地坐着，不时地打量着上车下车的人们，心想，这可比自己一个人待在家里强多了。

不知道坐了多久，他便觉得有些困，就倚在靠背上睡着了。等公交司机把汽车开到了终点站，准备打扫卫生下班回家的时候，一回头才发现还有一个人没下车。心想，这个老大爷可能也是耳背，以前他经常遇到一些耳背的老人，听不清楚下站的地点坐过了站的。

于是，就轻轻地推了推他，大声地说，“老大爷，快醒醒，您坐过站啦。”他被推醒了以后，揉了揉眼睛看了看周围，竟然有些发蒙。好长时间才想起来自己究竟是在哪里。便迷迷瞪瞪地说，“哦，这么快，就到站啦。”

“快告诉我您坐车想去哪里，我打个车送你去。我哪里也不想去，就想看看风景，解解闷。”“啊？原来是这样呀。那您快告诉我您家在什么地方，一会儿我骑摩托车送您回去吧，天都快黑别让家里人等急了。”他想了半天才含混不清说出了一个地址。司机无可奈何地摇了摇头，叹了口气，便打扫起了卫生。

等司机打扫完了卫生，又取来了摩托送他回家的时候，夜幕已经降临。下班回家的行人和车辆，使道路显得格外喧嚣和紧张。看见司机为送自己又得跑一趟，他着实有些过意不去。心想等到了家以后，一定让儿子好好谢谢人家。正想着，突然就听着司机“啊”的一声惊叫，紧接着就感到一股强烈的撞击感和疼痛感向他袭来，他觉得眼前一黑便昏了过去。不知道过了多久，等他从一阵剧烈的疼痛中清醒了过来的时候，就听见周围传来一阵阵刺耳的救护车和警车的鸣叫声，还有人们说话的嘈杂声。这时，他已经清醒地意识到了刚才发生了什么事。等看到人们七手八脚地把司机和自己抬上救护车的时候，他在心里狠狠地骂了自己一句，“唉！我真该死，怎么就耐不住寂寞呢?”

不想长大的孩子

望着眼前的鸡肉，小祥仿佛又看见了奶奶刚才杀鸡时那血淋淋的一幕，眼泪就“吧嗒吧嗒”地掉了下来。

见他这么伤心，奶奶就慌了神，忙抬起粗糙的老手，边给他擦泪边说，“小祥不哭，鸡大了就得杀了吃肉，快尝尝，这是咱自己养的鸡，可香了。”

“不，我不吃，这是我养的鸡宝宝，你们怎么把它杀了啊？它多可爱啊！呜呜……鸡宝宝，鸡宝宝，我的鸡宝宝。”小祥说着说着，就忍不住放声痛哭起来。

“小祥乖，小祥不哭，今天过年应该高兴才对，看，奶奶做了这么多的好吃的。”爸爸妈妈也急忙哄他。

“不吃、不吃，我就不吃——还我鸡宝宝，还我鸡宝宝——”小祥非但没有止住哭声反而越闹越凶。

去年开春的时候，有一天五岁的小祥从幼儿园回来，远远地就听见有小鸡唧唧喳喳的叫声。他顺着声音望去，就见路边那斑驳的树荫下有一个妇女正在卖小鸡仔。好奇心驱使他拉着妈妈的手走了过去。只一眼，小祥就被那群娇嫩可爱的小鸡仔深深地吸引了。

“阿姨，小鸡仔多少钱一只？”

“五毛钱。”妇女看着满脸新奇的小祥飞快地说。

“妈妈，妈妈，我也要买一只。”

“这可不行，咱家住楼，哪有地方养鸡啊。”

“不嘛，不嘛，我就要买，你看这小鸡多可爱呀。”

“小祥，乖，别胡闹，咱家可没地方养这玩意儿，快回家吧！”妈妈耐心地哄着小祥。

“不嘛，我把它放在阳台养。”小祥依旧蹲在那儿紧盯着筐里的小鸡，死死地扯着妈妈的手不肯离开。

“好好好，那就买一只吧。”妈妈无奈只好掏出钱说。

“要买就买两只吧，两只还是个伴儿。”卖鸡的妇女很会做生意，忙接过钱说。

“对，就要两只。我来挑。”小祥听了，高兴地露出两只小虎牙，仰着脸对妈妈说。妈妈没吱声，算是默许了。

小祥瞪着两只惊奇的大眼睛，随着那些小鸡仔咕噜咕噜地转了半天，才从它们当中挑出来两只。手捧着那两只毛茸茸、黄嫩嫩的小鸡仔，小祥就像它们一样欢呼雀跃着。他把小鸡仔带回家，就如获至宝似的放在阳台上养了起来。他还给它们起了个昵称叫“鸡宝宝”。

从那以后，他每天睁开眼睛的第一件事就是直奔阳台，看他的两个鸡宝宝。给它们喂食，喂水……时间久了，它们一见到他就唧唧喳喳地叫个不停，两双黑黝黝、亮晶晶的眼睛，也像星星一样对着他闪个不休。每次看见那两只黄绒绒的鸡宝宝在灿烂的阳光下飞快地啄食的情景，小祥就会痴痴迷迷地笑。是啊，他爱极了这两只鸡宝宝——它们的到来给他孤独的童年平添了无限的乐趣。

两只小鸡在小祥的细心照料下一天天地长大了。因为都是公鸡，长大了以后它们不但不受管束——到处拉屎，而且还经常打鸣。这不仅影响了邻居，而且还把阳台弄得又脏又乱，连空气也受到了污染。这让小祥的妈妈感到非常的不安，无奈她只好和小祥商量，把鸡送到乡下的奶奶家去养。

刚开始小祥死活也不同意，因为他和它们的感情太深了。后来，经过妈妈和爸爸的反复开导，他才勉强地答应了。小鸡走了以后，小祥的心像被掏空了一样——他非常想念它们，连上课都走神。于是，小祥就经常闹着去奶奶家看小鸡。刚开始，小祥还觉得小鸡和他很亲，可时间久了他感到它们之间好像越来越生疏了，这让他感到非常难过。

没想到元旦这天，爸爸、妈妈带着他到奶奶家去过节。一进院就看见奶奶一手抓着鸡，一手握着尖刀正在那里杀鸡呢。只见她举起尖刀，照着鸡脖子就迅速地拉去，那只鸡的脖子顿时血光四溅，惨叫连连……吓得小祥紧闭双眼直往爸爸身后躲闪。那可是他亲手养大的鸡啊，所以他根本就不能接受这个事实。这会儿，看见奶奶给他夹的那块鸡肉，小祥不但不想吃而且想吐。结果那顿饭小祥一口也没吃，就哭着睡了。那天晚上，他做了一宿的噩梦——不是梦见那块鸡肉，就是梦见奶奶杀鸡的情景……

第二天早晨，小祥一醒来就眨着眼睛问身边的妈妈，“妈妈，小鸡长大了为什么就要被杀了吃肉啊?”“这个吗……等你长大了就会明白了。”“妈妈，妈妈，我真的永远也不想长大了，长大了好可怕”。小祥说这话时，眼前仿佛又浮现奶奶杀鸡的情景，眼泪也滚落了下来。

那天小祥病了，发烧说胡话——嘴里反复地叨念着，“妈妈，我不想长大——我不想长大——”

开在石缝里的鲜花

“你能忍就忍，不能忍就离！整天哭丧着脸给谁看啊？扫把星！”

爹炸雷般的咆哮，把我从睡梦中惊醒。我听到娘在小声地哭泣，静谧的夜里她的哭声显得格外的凄婉悲凉。黑暗中一种铺天盖地的恐惧感向我袭来，我下意识地打了个冷战，把身体往被窝里蜷缩着，与此同时一种发自内心的愤恨，使我情不自禁地把牙齿咬得咯吱吱地响。

“你不念咱们的夫妻情分，那就看着孩子的面和她断了吧，我求你了。”

黑暗中传来娘近乎绝望的哀求，她的话音未落，爹的怒吼便再度响起，它犹如一声霹雳，震裂了这宁静的夜，也震碎了我的那颗痛苦不堪的心。

“少啰唆，想让我和你好好过日子，门儿也没有。你知道我当初为什么娶你的，我只是可怜你，你知道吗？”

“呜呜……”

“哭哭哭，就知道哭！我已经看够了你这张苦瓜脸，不愿意过就离，甭想拿孩子要挟我！”

那一刻，我紧张得几乎不能呼吸，暗暗地替娘捏了一把汗，真怕她的絮叨激怒了爹，弄不好再遭到一顿毒打。其实，在我的记忆里爹娘打架已经成了家常便饭，可是最近他们吵架的次数不但愈来愈频繁，而且愈演愈烈。这让我不止一次地产生了那种世界末日已经降临的惊恐和不安，我知道这样下去这个家迟早都要被毁灭的。

夜，已经很深了，娘的呜咽声还在断断续续地传来，它就像一双无形的手不停地撕扯着我的那颗早已支离破碎的心，致使它也在不停阵痛和滴血。是的，我心痛娘，同情娘，可怜娘。她的每一声哭泣都牵动着我的心。娘，我苦命的娘，我真不明白你的命怎么会这么的苦啊？

听姥姥讲她是娘的第三个娘，娘的亲生爹娘都是军人，他们在一起打仗的时候产生了恋情偷食了禁果。当时的情况是不允许他们结婚的，我的亲姥姥在生下了娘以后就把她留在路边。后来被一个拾破烂的老太太捡回了家。然而，一个连自己都无法生存的老太太，又如何养活得起一个孩子呢？不久娘就被送给了现在的姥姥。

现在的姥爷和姥姥，也是儿女成群穷困潦倒的普通农民。他们勉强把娘养活大了后，为了给自己的儿子娶媳妇换点财礼钱，就把娘嫁给了姥姥的一个远房侄子——我现在的爹。这也是我爹经常以救世主的姿态，动辄就对娘耀武扬威的主要原因。

我最担心的事情还是发生了，几个月以后娘终于在忍无可忍的情况下带着我离开了爹。没有任何经济来源的娘为了养家糊口，为了供我上学，就在我们县城的集市上炸丸子卖。这样的小本生意不但非常辛苦，而且收入也很微薄，只能勉强维持生活。从此以后，娘的那张夏天被太阳晒得黝黑的脸，冬天被风霜冻得龟裂的手，就永远地定格在我的记忆中了。

等我考上大学离开家乡的那一天，我和娘并肩地走在一条通往山外的林间小路上。那是一个山花烂漫的季节，一阵阵煦风夹杂着草木的芬芳以及一种离别的惆怅久久地在我们的身边徜徉。我不敢看娘的眼睛，但我知道那一刻娘的眼睛里一定溢满了酸泪。其实如果不是强忍着，我的泪水也早已泛滥成灾了。我是多么放心不下和舍不得离开含辛茹苦的娘啊，就在昨天我给娘洗衣服的时候，还在她的衣兜里翻出了一张胸膜炎的诊断书。我知道这张诊断书里，包藏着我那平凡的母亲对我不平凡的爱呀。

多年来相依为命的母女就分别了，怎么不让人肝肠寸断哪？

“娘您别送了，快回去吧。翻过这个山坡就要到汽车站了，我走了以后您不要再到集市上卖丸子了，就找个轻松点的活儿干吧，上学的费用我自己会想办法解决的。”

“傻孩子，别说傻话，一心不可二用，你只管专心地上学。挣钱的事有娘呢，现在生意好做，趁娘还没老再干几年。”

“……”

“在外面一定要照顾好自己，多给娘写信……”

娘说到这里已经泣不成声，老泪纵横了。

“娘！您自己也要多保重啊……”

看着娘那张沧桑而憔悴的脸，我的心里一酸，再也抑制不住自己的情感，和她紧紧地拥抱在一起痛哭失声。

“别哭了，你能上大学是一件好事，我们应该高兴才对。”

娘把我轻轻推出了她的怀抱，勉强地露出了一个凄婉的笑脸。

就在我和娘即将分手的那一瞬间，一抹红艳突然跳进我的眼帘，那是开在石缝里的一株山杜鹃。它就像娘一样不知经历了怎样的艰难困苦，顽强地从石缝里探出了笑脸。是的，娘就是这石缝里的生命，她坚韧不屈顽强地生存着、怒放着。它遗世独立，艳冠群芳。我爱母亲，更爱这石缝里的芬芳。有了这样的母亲，我没有任何理由不奋发向上。我无比激动地跑到岩石之上，用颤抖的手摘下了一朵鲜艳的红杜鹃，给母亲插在了头上。然后，转过身背起行囊奋力地爬上了山冈……

休想让我嫁给你

几个医生走后，病房里立刻安静下来。方琼望着病床上脸色苍白、昏昏沉沉的中年妇女，不禁有些焦急。就在这时，她的手机短信铃声骤然响起，把两人都吓了一跳，她忙看了看信息，又不安地看了一眼床上的女人。

“姑娘，你是不是有事？你有事就走吧，我没事了，你放心吧，孩子他爸说马上就到。”

“不急，等他来了我再走吧，你别说话了，好好休息。”

“谢谢你救了我，如果不是你，恐怕我这条老命早就没了，我现在一犯病就特别严重。”女人艰难地撑着眼皮看着方琼，混浊的眼里闪着感激的泪光。

刚才下班的时候，方琼接到了男友杨清明的约会电话。自从认识了杨清明后，他们已经相处了将近半年的时间。尽管他对她百般殷勤，可她始终在他们之间体会不到那种恋爱的幸福和甜蜜。她也想过跟他分手，可又找不到合适的理由。碍于介绍人老同学的情面，就与他不冷不热地交往着。

单位离他们约会的地点很近，方琼一看时间还早，便决定步行前往。她沿着人行道，在那排榕树下慢慢地走着，默默地想着心事。就在这时从她身后走过来一个推着清洁车的中年妇女，车上载满垃圾。女人的身材瘦小，风尘满面，头发凌乱，推车的样子也非常吃力。出乎意料的是，就在她与方琼擦肩而过的时候，却突然栽倒在地，口吐白沫，浑身抽搐，很快就痉挛蜷缩成了一团，像个虾米。

一时间方琼竟被这突如其来的场面吓得面如土灰，不知所措。

“不好了——出事了，有人昏倒了——抽风了——有人抽羊角风了啦!”

“什么抽风了，这是癫痫病，这人是癫痫病犯了……”路人渐渐聚拢，七嘴八舌地议论着，却没有人想法救人。

还是方琼当机立断，立刻拨通120，又跟着救护车来到医院。经过医生的紧急抢救，女人醒过来后，方琼就让她用自己的手机跟家人取得了联系。可直到现在还没有见到她家里人的影子，因为要赴约会，方琼的心里还真有些急。

就在杨清明第二条短信再次传来的时候，一个中年男人风风火火地闯入病房。男人穿着朴素，一脸的焦虑和不安。

他一进来就直奔女人的床边，用手抹了一把额头上的汗水关切地说，“素芳，怎么又犯病啦？好点了吗？吓死我了。”

“我，我没事，幸亏这个姑娘救了我，你拿钱了吗？快把住院费还给人家，是她替咱交的费。”女人瞭了一眼男人有气无力地说。

“唉！你看我这记性，刚才走得匆忙，竟忘记带钱了。”男人一拍脑门，看了一眼方琼懊恼地说。

“这样吧，我马上给儿子打电话，让他立马给咱送钱来，姑娘，你先等等……”还没有等方琼说话，他已经拨通了电话。

“喂，清明，你在哪呢？哦，在等方琼吃饭！刚才你妈妈的癫痫病突然犯了，我们在医院，你能不能马上送点钱来……什么？吃完饭再来……让你姐姐先送钱来……那你……”

男人还想说什么，可对方已经收了线。

唉！你说都什么时候了，他还有心情和女朋友吃饭，这个不孝之子哟……男人无可奈何地看了方琼一眼，深深地叹了口气，垂头丧气地说。

“大爷，您的儿子叫，叫什么清明？”

“杨清明，你们，认识？”

方琼点了点头，二话没说，立刻拨通了电话。

“喂，杨清明，哦，我知道你在等我吃饭，你别等了，以后我永远都不会和你吃饭了！你不用说了，一个连父母身体和性命都不在乎的人，还能在乎谁！就你这种人，休想让我嫁给你！”方琼说这话的时候，拿手机的手都有些发抖，没等对方多说，她就愤然地收了线。

“啊？你就是方琼?!”男人和女人十分吃惊。

方琼面对眼前这两个饱经风霜的夫妇，深深地点了点头，百感交集地说，“对！我就是方琼。”

说完，大步走出了病房。

衣来伸手饭来张口

夜幕低垂，华灯初上。王经理打发走了司机，自己开着车吹着悠扬的口哨，穿行在灯火辉煌的街道上。自从他当副市长的老丈人离休前安排他当上了路桥公司的总经理，他不但春风得意，而且财源滚滚。今天他又收到了一大笔承包商的“好处费”，怎能不让他心花怒放呢。真没想到我王建勇也有今天。记得小时候妈妈给他算过命，说他将来一定是一个衣来伸手饭张口、大富大贵的命。现在看来离这天真的不远了。想到这里，他那张大圆脸上就堆满了笑容。其实，面对这些利用各种手段送到手里的“好处费”，他不是不觉得烫手，刚开始的时候甚至于还有些寝食不安，但还不想轻易放弃。他王建勇可懂得时不待人的这个道理。就拿自己的老丈人来说吧，如今想捞，谁给啊。就在他胡思乱想，自鸣得意的时候手机突然响了：

“喂，亲爱的，你在哪呢?”

“我在回家的路上，有事吗，瑶瑶?”

“人家想你了嘛，明天老地方见好吗?”

“好的，宝贝，明天中午见，来亲一下……嗯，再见!”

王经理冲着手机煞有介事地“吧嗒”了一下嘴，好像真的亲到了那样的美。不知道为什么一听到这个女人娇滴滴声音，他就会心旌摇曳，想入非非。他不得不承认徐瑶瑶这个人间尤物早已经使他神魂颠倒，意乱情迷。她那魔鬼般的身材，俊俏迷人的脸蛋，洁白细腻的肌肤以及床笫之间的风情万种、柔情蜜意，都是他在自己的那个又胖又蠢的黄脸婆身上永远也找不到的。有一段时间他们简直到了那种如胶似漆的地步了，为了她，他不惜花巨资在外面购置别墅——金屋藏娇。

他刚要放下手机，铃又响了，一看来电显示是老婆打来的：

“喂，老王，晚上回来吃吗？我给你煲了汤。”

“回，我办点事马上回。”

“好，我等你。”

王经理关了手机，心想，这有权有钱的日子就是美，每天老婆情人都急着献媚。这不最近新来公司的那个主管内勤的大美人，也在不断地向他示好。人都说没有情人的男人是废物，有一个情人的男人是动物，有两个情人的男人是人物。看来我马上就要成人物了，哈哈！人物！人物！此时一种前所未有的成就感和满足感使他美得眼睛眯成了一条缝，几乎都笑出了声。他一边飘飘然地挺直了大腹便便的身子，一边以一种君临天下的姿态藐视着车外的行人和景物。心想，你说那些一辈子只能骑着自行车、睡自己老婆的男人多亏呀。这女人嘛就如不同种类的水果，一种一个味儿，总吃一样的水果谁都会厌倦的。就拿老婆来说吧，早就对她一点胃口也没有了，要不是顾念老丈人对自己的那点恩德和为他生儿育女的情分上，还不把她休十八回了。一想到老婆煲的那手好汤，他不由得加大了油门，向他那个专门为了和情人幽会的别墅驶去。

原来他在装修这套别墅的时候，特意在卧室的隐蔽处装修了一个保险柜。这套别墅只有他和情人徐瑶瑶两个人有钥匙，而他们每次到这里偷情都是在白天，按他的原则，那就是白天属于情人的，晚上才是老婆的。

等他到了以后，就看见有一辆车已经停在了门前，他以为是邻居放的，也没在意。等放好了车眼前顿时一片黑暗，他拎着钱，高高兴兴地哼着小曲摸着黑打开大门便往里走。

没想到他刚一进去，就感到耳畔呼呼生风，还没有等他来得及看清楚是怎么回事，迎头就狠狠地挨了一闷棍。这一突如其来的袭击把他打得是天旋地转，头破血流。他“哎哟”一声惨叫，便重重地栽倒在了地上。黑暗中只见一男一女两条人影，捡起他扔在地上的钱包，转眼间就溜之大吉了。

等人们发现了他，把他送进了医院。他虽然经过了抢救保住了性命，但却变成了一个神情呆滞生活不能自理的植物人，一辈子也只能衣来伸手饭来张口了。每天伺候他的也只有他一直都想休了的老婆！

这样的完美我不要

得知妈妈猝然而亡的消息，我立刻向学校请了假。然后就踏上了归乡的列车——旋风般地刮回了家。家里格外寂静，只有堂弟和堂妹正在温习功课。见我回来，他们大吃一惊。还是十三岁的堂妹反应快，她迅速地离开座位，蹬蹬蹬地跑到了妈妈的灵位前，用手一指妈妈的遗像，泪流满面地说，“哥，大娘她……”然后就泣不成声了。

我跪倒在妈妈的遗像前大喊了一声“妈妈”，几乎昏厥过去。

不知恸哭多久，我才从那种肝肠寸断的状态中渐渐地恢复了过来。

“爸爸呢？山杏，你大爷呢？”

“他……他办完了大娘的丧事就走了。”

一直陪着我痛哭流涕的山杏，望了一眼面色凝重、沉默不语的哥哥怯生生地说。

“山青，快告诉我妈妈到底得了什么病？是怎么死的？前些日子我给家里打电话，她还说身体挺好的呐！”我艰难地从地上爬了起来，踉跄地走到山青的身边，一把抓住了他的肩膀拼命地摇晃着。

“我，这……”

十六岁的山青，用眼睛迅速地瞭了一眼山杏，喉结动了几动，又把想说的话给咽了下去。

“快说！快说啊山青！你要急死我呀！”

他的神情立刻引起了我的疑惑，我拼命地摇晃着他的身体，声嘶力竭地喊着。

“好，我说，我说……”

“自从三年前大娘收养了我们，就遭到了大爷的强烈反对。为这事他们经常吵架，大爷还动手打她。可她从来没有放弃收留我们的想法，还待我们视如己出。从那以后大爷就经常不回家，一回来就找碴儿和大娘吵架，还和她闹离婚。她经常被打得鼻青脸肿，还得坚持上班，照顾我们，照顾这个家。”

“去年春天大娘下岗了以后，为了挣钱供咱们几个上学，她不但白天到处去给人家做钟点工，晚上要还去饭店刷盘子。”

“啥？妈妈下岗了？我咋不知道？”

“是她让我们瞒着你的。大娘她真是太累、太苦了。”说到这里，山青禁不住看了一眼妈妈的遗像，然后又声泪俱下地接着说，“从那以后她的身体就每况愈下。”

我曾经多次向她提出不上学了，找份工作，和她一起支撑这个家。可她就是不同意，还说如果我这样做，就再也不认我这个侄子了。

“半个月前大爷又突然回来了，回来就和大娘吵架，还动手打了她。这次打得特别重，把她的肋骨都给打断了。痛得她好几天都起不来床，打完了以后他也不顾大娘的死活第二天就走了。气得我真想教训一下这个禽兽不如的家伙，可我毕竟是他的亲侄子啊！”两眼通红的山青，紧握着拳头，咬牙切齿地说。“我也曾问过大娘，大爷这样对待你，也不往回拿钱养家，你为什么就是不肯和他离婚呢？”

“可她说啥，她说她曾经答应你，无论如何都要给你一个完整的家。”

山青的一句话，立刻把我的思绪拉到了两年前的那个秋天。

那年秋天，正在哈尔滨农业大学上二年级的我，突然得了急性阑尾炎，学校通知了家里。妈妈得知消息后，便急急忙忙赶到了哈尔滨医院来照顾我，直到我康复她才回去。

住院期间，我们闲聊的时候。我曾经问过她说，“妈妈，咱家这么困难，你又收养了堂弟、堂妹，增加了那么大的负担，你就不后悔吗？”

“干吗后悔，即使是别人妈妈也不会袖手旁观的，更何况他们可是你爸爸的亲侄子、亲侄女呀……”

妈妈说这话的时候非常平静，似乎是在说一件与自己毫不相干的事情。接着她又说，“你堂弟和堂妹也太可怜，你婶婶嫌农村的日子苦，非和你叔叔离了婚，撇下他们跟一个大款跑了。你叔叔年纪轻轻的，也在上山采石的时候丢了性命。其他的亲戚朋友都不肯收养这两个孩子，我不收养他们谁收养他们呀?”

“婶婶真可恨，为了过上好日子，就连自己的亲骨肉都不顾，现在的人也太没责任感了。我有很多同学的家长都离婚了，那些父母离婚的同学的确可怜，整天都愁眉不展、魂不守舍的。”

妈妈的话使我不由得想起了那些父母离婚的同学，于是就愤愤地说。

记得当时妈妈听了我说的话，神情突然变得有些不自然了起来，继而马上又恢复了平静。然后又十分坦然地对我说，“儿子你放心吧，妈妈一定会给你一个完美的生活、完整的家。”

可我万万没有想到，妈妈为了给我一个完整的家竟然付出了这么大的代价。

“后来呢，后来妈妈怎么突然就死了?”

悲痛万分的我情不自禁地再次抓住山青的手，迫不及待地问。

“后来大娘的伤还没有痊愈，就又背着我们偷偷地出去干活了。周一那天晚上我们放学回来的时候，就看见家里围了一屋子的人，邻居们几乎都来了。我们进屋一看，只见浑身是血脸色苍白的大娘早就已经气绝身亡了。”

“后来听说是大娘被大爷打伤的地方已经发炎感染恶化了，致使她突然昏倒在打工回来的路上，又被一辆疾驰而过的汽车给轧了一下……”山青说到这里又呜咽了起来。

“住口，别再说了!”我已经不敢再听下去了，冲着欲言又止的山青迸发出一声歇斯底里的呐喊，然后又再一次扑到妈妈的灵前声嘶力竭地呼号着，“妈妈啊，妈妈！这样的完美我不要!”

三百六十五个妈妈

那天黄昏，傅伟明刚把顾客做好的坯子送进窑里，就见一个老大爷推门走了进来。老大爷六十多岁，身材魁梧，穿着朴素，一张皱纹堆积的脸上，写满岁月的沧桑。老大爷一进门，就满眼的惊奇，他先东张西望地看了半天，把那些正在和泥、拉坯、雕刻、上色、打磨……玩得正起劲的人们看了一个遍，才大声地说，“老板呢？谁是这儿的老板？”

“我是。老大爷您也想制陶吗？”傅伟明见状，急忙迎上前去。“不，不，要玩泥巴，俺就到河套去玩，谁花钱到这里玩……”

“那您是来……”傅伟明疑惑不解地问。“我是来问你一件事的，刚才是不是从你这儿走了一个背着书包的小孩？”

“小孩？到我们陶吧来的小孩多了，您说的是哪一个啊？”

“就是坐在这里的那个，大眼睛、尖下巴的孩子。”我刚才扒着窗户，看见他就在这里捏泥人。

“哦，没错，刚才是有一个小孩在这儿捏泥人了，他刚走，你现在追他还来得及。”傅伟明好心地提醒他。

“不，我不想追他，我只是想来问问你，他经常到你们陶吧来吗？”

“嗯，我的陶吧刚开业不久，他已经来过三四次了吧。每次来他都给我十元钱，捏一个小时的泥人就走……对了，他还让我把那些泥人都给他存着，说等以后一起烧制呢。”

“作孽啊，原来这小子天天偷我的钱，是跑到这里玩泥巴，看我回去不揍他的！”老大爷听了傅伟明的话，气得一跺脚，说。

“啊，他偷你的钱——你是他？”

“他是我孙子，他妈妈得白血病死了，他爸爸为了挣钱，给他妈妈还治病欠下的债，就让我照顾他。没想到这孩子平时看着挺老实的，竟然为了玩个泥巴，做起小偷小摸的事情了。唉！这样下去，我将来可怎么向他的爸爸和死去的妈妈交代呀?!”老大爷又痛心疾首地说。

“老大爷您别急，他偷钱出来玩，是不对。不过孩子还小，不懂事，我们可以慢慢教育他。”傅伟明见此情景，急忙开导着老人。

嗨！他这么贪玩不学好，我能不急吗?

“好了，大爷，我保证，以后再也不让他来玩了。不过，还有一点我没有告诉你，你孙子确实有些艺术天赋。他捏的泥人，真的很生动、很逼真呢，不信我带您看看去。”傅伟明说着便把老人拉到了一个柜台前，然后用手一指说，“喏，这些泥人都是他捏的。”

老大爷顺着他的指引望去，就惊呆了。他看见陶吧的玻璃柜台里，陈列着许多泥人。这些泥人有刚做的，也有以前做的。尽管她们大小不一，穿着不同，情态各异，但却惟妙惟肖、活灵活现。“啊，这不是他妈妈吗?原来他偷钱跑这儿是为了捏他妈啊！唉！这孩子是可怜，这么小就没了妈妈。”老大爷说着说着，眼睛就已经湿润了。

“哦，原来是这样啊，我说他每次捏泥人的时候，神情为什么都那么专注呢，看来他真是想妈妈了。”傅伟明听了忙接过话茬儿说。

“真是个傻孩子哟，想妈妈了就想妈妈呗，可捏这些泥妈妈有什么用啊?”老大爷边望着那些泥人，边不停地絮叨着。

“大爷，你不明白，这可能就是他向妈妈表达思念的一种方式吧。这样吧，您回去先别说他，等他下次再来的时候，我问问他是怎么想的好吗?”

“好，那就劳你费心了，等过些日子我再来，听听他是怎么对你说的。”

傅伟明送走了老人以后，望着柜台里的那些泥人，心情却感到格外的沉重。

等那个小男孩再来陶吧捏泥人的时候，傅伟明便故意地称赞道，“小朋友，你的泥人捏得真好，真漂亮，能告诉叔叔，你捏的是谁吗?”

“我捏的是妈妈。我妈妈当然漂亮啦，她是世界上最漂亮的妈妈。”男孩一边神情专注地捏着手里的泥人，一边无限深情地说。

“哦，是吗?那你妈妈在哪上班，她今年多大岁数了?”傅伟明又试探着问。

“我妈妈她……她生病死了，我好想她啊……”男孩一边哽咽着，一边用粘满泥巴的手抹了一下自己的脸。

“对不起，叔叔不知道。你别哭，叔叔也来帮你捏好吗?”

“不，不用！我的妈妈，我自己捏，不许别人捏!”男孩仰着一张小花猫似的小脸，用手护着他面前的那些泥人和泥巴，大声地说。

“好好好，叔叔不帮你捏了，那你能告诉我，你到底想捏多少个妈妈?”

“三百六十五个。等我捏够了三百六十五个，我就让叔叔烧制了，然后我好带回家去。以后我每天上学的时候，都带着一个泥妈妈，睡觉的时候也搂着……那样，我就和别的同学一样，天天都有妈妈了。”男孩说这话的时候，眼里闪着异样的光芒。

我是你千百年前放生的白狐

白了，妻子白梅的脸变得愈来愈白，那是一种毫无血色的白，让人不寒而栗的白。那双清澈如水的大眼睛也渐渐凄楚蒙眬了起来，把周喜善痛得心都快碎了。

“白梅，白梅，对不起，我来晚了，有一个老太太她，她找不到家……我送她，结果……”

“别说了喜善，我不怪你，我，我不行了，照，顾好孩子，照顾好自己……”白梅的话还没说完脑袋一歪，便溘然闭上了那双凄美的明眸，随即两滴晶莹的泪珠也顺着眼角摔落了下来，它不仅摔碎了周喜善的梦，也摔碎了周喜善的心。

周喜善是一个开出租车的，妻子白梅是一名幼儿教师。他们是在白梅打车时认识的。那次白梅上街购物，不小心把包落在了周喜善的车上。已经回到家的周喜善，发现了白梅的包又专程给她送了回去。他的做法让白梅非常感动，也对他顿生好感。于是，她主动地要了他的联系方式，经过一段时间的接触，他们很快就相爱了。白梅的父母都是高干，很反对这门亲事——无非是嫌周喜善没有社会地位，家境贫寒。可白梅不顾父母的反对，还是嫁给了他。

他们结婚以后一直非常恩爱，不久白梅就怀孕了。十月怀胎一朝分娩，转眼间就到了临产期。

今天上午周喜善把白梅送到医院后，见白梅暂时还没有生的意思，就想出去买点婴儿用品，让母亲先照顾她。等买完东西回来的时候，远远地就看见一位白发苍苍的老太太走在他的汽车前。他立刻鸣喇叭，可是他无论怎么反复地摁喇叭，老人好像根本就没听见似的，这时他的汽车已经开到了老人的身后，他不得不来了一个紧急刹车。汽车刹车的尖叫声把老人吓了一哆嗦，她转身回首，瞪着惊恐的大眼睛，看着突然间就闯到自己眼前的汽车，双腿一软便瘫在了路上。

等周喜善问明了老人的情况，又把她送回家，再来到医院的时候，心爱的妻子却死于难产。

白梅死了，周喜善号啕一顿后，便紧紧地抱着儿子呆呆地坐在那里——像傻子一样。回到家里也是如此。看着一连几天也不吃不喝、痴痴傻傻的儿子，周喜善的母亲急得眼都快哭瞎了。

每次哭的时候，她都不停地喊，“白梅，你快回来吧，你快回来救救我和你儿子吧。”

有一天晚上，昏昏沉沉的周喜善做了一个梦，他梦见了妻子白梅很生气地对他说，“你整天的也不知道照顾儿子和妈，总想我干吗？你别忘了你现在既是儿子又是父亲，必须振作起来。你是一个既善良又有责任心的男人，这也是我最爱你的地方。其实，我是你千百年前放生的白狐，嫁给你完全是为了报答你的恩情，现在我们的尘缘已了，请你不要总想我了好吗？善良无价，像你这么善良的人一定会得到幸福的。”

恍惚之中，周喜善就觉得自己变成了一个年轻英俊的后生，骑着马走在一条林间小路上。那是一个深秋的黎明，露浓霜重，层林尽染，秋风萧瑟，星暗月残。行医归来的他正急急地往家赶，突然从前面密林中走出来了一个猎人，猎人左肩扛着枪，右肩扛着一条被捆绑了四肢的白狐。那是一条如雪似云、纤尘不染的白狐。可它的一条腿上却殷红一片，还在不停地滴血，显然它受伤了。等它看见了走在后面的后生，凄美的大眼睛便紧紧地盯着他，随即又溢出两行晶莹的泪水，那大滴大滴的泪珠，摔碎在地上，也摔碎了后生的心。于是，后生就喊住了猎人，买下了那条白狐，把它抱回家，并细心地照料它，帮它疗伤。等它伤好了，又把它放回了森林。白狐走的时候，在后生的身前身后反复偎依留恋了许久，然后才一步三回头地消失在密林深处。那种眷恋的情愫，让后生不禁柔肠百转，酸泪簌簌。

不久，就有人上门提亲。说有一个富家小姐看中他了，听说他医术高明，为人善良，甘愿下嫁。他早就听说那家小姐知书达理、端庄秀丽，因此欣然应允。结婚后他的生意就越来越红火，医术也越来越精湛，名气也越来越大。

后来因治好了太后的病，又被御封为太医……

“妈，咱祖上有做过太医的吗?”周喜善醒了后，看见正坐在自己床头暗自垂泪的母亲，疑惑地问。

“有啊，你怎么知道?”母亲惊异地说。

“白梅告诉我的。”

“净胡说，这事她怎么知道?”

“真的，在梦里。”

周喜善说完便翻身下床，在妻子的遗像前深深地鞠了一躬。从此他果然振作了。

后记：母女梦

闭月

文学，使人富足。

文学，使人丰美。

文学，使人高雅。

从小就喜欢文学，喜欢文学赋予我的思想与睿智；喜欢文学给我带来的充实和愉悦。做梦都想当作家，做梦都想出书。那么，我为什么会有这样的梦呢？这源于我有一个爱才如命的母亲。请注意此才非彼财。我的母亲，一个只上过几年小学的女人，却爱才如命，求知若渴。在我懵懂的记忆中，终日操劳不辍的她，只要一有闲暇就会卷不离手。只要一卷在手，她就会全神贯注、旁若无物——任凭我们这些孩子在一旁闹得翻天覆地。看书读报几乎成了她生命的主题，直至今日年过八旬的她，还仍然保持着这种习惯。

因为她的文化程度有限，她读书的时候一直也离不开字典。遇到不认识的字，或问我们或查字典，直至弄清楚那个字的读法和含义。每每读完一本好书或是看完一篇动人的故事，她都会感慨不已，赞不绝口。每次都会对作者发表一番评论，或者对我们进行一番教育，比如：这个人真有才，写得真好，真是一个才子（才女）；再如：你们一定要好好读书啊，我这辈子最喜欢有才的人了，如果你们哪个有了出息、当了作家我做梦都会笑醒的；你看人家有学问的人，说话办事就是和大老粗不一样。毫无疑问，她老人家对文学的痴迷和那种爱书如命的习惯，深深地影响了我。因此，在我幼小的心灵里，早已播下了长大后“做才女、当作家”的种子。甚至于幻想出，她在捧读自己女儿的书时，那种舒心展颜的模样。

事与愿违。我的学生时代，就在父亲工作经常调动、住处不断搬迁的影响下，再加上自身天资不足、体弱多病的状态中，如水般地淡然逝去了。于是，当毕业于职业中专，只具备初中文化水平的我，无限怅惘地告别了学生时代的时候，就已经意识到做“才女”当“作家”这个梦想，的确成了我遥不可及的梦——它已然化成了一个五彩缤纷的泡影，最终又在我刻骨铭心的悲哀中，渐渐地破灭了。然而，每当看到母亲孜孜不倦读书的身影，我都会不甘心——我都会默默地鼓励自己，即使付出一生的努力，也要让自己梦想成真。因为我知道，这是自己的梦，也是母亲的梦，更是母亲的期待！

结婚生子以后，为了照顾双胞胎儿子。我不得不放弃了职业，在家里当起全职太太，承担起了相夫教子的责任。纷繁琐碎的家庭生活已经把埋藏在心底的那个梦撕扯得支离破碎。尽管如此，我还是继承了母亲的阅读习惯，并经常写一些小诗或顺口溜来排解生活的压力和寂寞。

后来接触了网络，我才拥有了一个圆梦的机会。从只能在电脑上看小说，看诗词开始，到逐渐地走入论坛写诗词、对对联。最后发展到写诗歌、写散文、写小说。我知道我离我的作家梦越来越近了。如今，我的作品不仅在网上得到了认可，也得到了媒体报刊的青睐。虽然，这一路走来风雨蹶踣，步履维艰，但我却无怨无悔，因为我已经初尝了成功的喜悦！

当我在文学的天空中奋力翱翔时，不经意间又被小小说的魅力倾倒了。自从2007年开始写小小说以后，我便由衷地喜欢上了这种文体。喜欢她的那种尺幅千里、见微知著的艺术魅力，更喜欢她的那种聚焦社会热点、浓缩人生精华、弘扬真善美、鞭挞假恶丑的思想光芒。

虽然，我也曾认真学习了一些有关小小说的写作知识；也曾向一些小小说前辈虚心请教过。但却总也无法正确地掌握和运用小小说的写作技巧和写作要领。于是我便在学中写，在写中学。虽然在我坚持不懈的努力下，也断断续续地发表了二百多篇小小说作品。可与那些小小说名家们相比，我却有一种自叹弗如、自惭形秽的感觉。其实我知道，在姹紫嫣红的小小说百花园里，他们是枝繁叶茂的大树，绚丽芬芳的花朵，而我只是一个刚刚萌芽破土的小草。我需要雨露的滋润，阳光的普照。我渴望茁壮成长，我愿意蓬勃向上。同时我也坚信，只要我肯努力，只要我不放弃，我这棵小草也一定会美丽芬芳起来的。

屠格涅夫说：“人生的最美，就是一边走，一边捡拾散落在路旁的花朵，那么一生将美丽而芬芳。”这本集子收集了我2007年至今在公开刊物上发表过的所有的适合于青少年阅读的小小说。它是我的精神财富和智慧结晶，也是我美丽芬芳的生命花朵。

在这本集子即将付梓之际，让我由衷地感谢熏陶鼓励我热爱文学、热爱写作的母亲，感谢百忙之中为我作序的河北小小说领军人物蔡楠老师，感谢那些曾经关注我、鞭策我的文友们。最后，但愿这本集子在我发自肺腑的感激之情中羞涩地面世后，依然能得到你们一如既往的关注和厚爱。谢谢！谢谢所有的师友和读者，由衷地！

郭艳平

2011年7月于闭月雅轩